海上有大家

HAISHANG
YOU DAJIA

《新闻坊》栏目组 编

上海大学出版社

图书在版编目（CIP）数据

闲话上海：海上有大家 / 《新闻坊》栏目组编 .—
上海：上海大学出版社，2023.7
ISBN 978-7-5671-4771-3

Ⅰ. ①闲… Ⅱ. ①新… Ⅲ. ①访问记－作品集－中国－当代 Ⅳ. ① I253

中国国家版本馆 CIP 数据核字 (2023) 第 128199 号

主　　编　徐俊杰
执行主编　夏　进　王　幸
编　　委　吴　迪　刘　晔
　　　　　张峥嵘　张　力　卫思冰

责任编辑　黄晓彦　司淑娴
书籍设计　缪炎栩
封面设计　李　佳　邱煜溶
技术编辑　金　鑫　钱宇坤

闲话上海：海上有大家

《新闻坊》栏目组 编

出版发行　上海大学出版社
地　　址　上海市上大路 99 号
邮政编码　200444
网　　址　www.shupress.cn
发行热线　021-66135109
出 版 人　戴骏豪
印　　刷　上海东亚彩印有限公司
经　　销　各地新华书店
开　　本　710 mm×1000 mm　1/16
印　　张　18.25
字　　数　365 千
版　　次　2023 年 8 月第 1 版
印　　次　2023 年 8 月第 1 次

书　　号　ISBN 978-7-5671-4771-3/I · 691
定　　价　88.00 元

闲话
上海

序 言

关注沪语节目《闲话上海》的观众朋友都知道，连续几年春节，上海电视台新闻综合频道都会推出一档特别节目——《阿王拜年》。

2018 年《阿王拜年》首次播出，社会反响良好，收视率直线攀高。原因很明显，节目中出现的诸位名家大师，都是当代海派艺术界响当当的人物，他们本身就极具感召力，由于年事已高，在电视镜头中鲜少出现，而且有些艺术家为人低调，轻易不愿亮相。这次采用观众向他们拜年的方式登门对谈，这些名声显赫的大咖盛情难却，纷纷开心接受。观众喜出望外，颇有“君侯，别来无恙乎？”的亲近感觉。

我很荣幸，连续好几年参加了《阿王拜年》的拍摄。就本人来说，能够亲近这些名家大师，我是十分愿意的。这与我平常乐于广交朋友的爱好相符，所谓“听君一席话，胜读十年书”，有机会聆听大师们的真知灼见，受益良多，岂不快哉?

其实，采访这些名家大师并不容易。按理说，他们早已功成名就，大都在家颐养天年。但是，为了推广海派文化，他们欣然答应，配合完成摄制任务，认真的精神令人感动。我们把这种感激之情化为工作动力：预先做足功课，缩短采访时间，尊重他们的要求和建议。拍摄时间也灵活约定，有时安排在上午，有时安排在黄昏，甚至还会安排在清晨，总之，让他们在最佳时间、最佳状态下进行拍摄，力求实现最佳效果。因此，我们与这些名家大师相处得十分愉快。

《阿王拜年》播出后，反响不俗。有些名家大师亲自打电话告诉我们：“节目很好，我的老朋友从国外专程打来电话祝贺，感谢你们的辛勤劳动。”其实，我们应当向这些名家大师道谢，他们本身就是一本可阅读的“百科全书”。与他们在一起清谈是种享受，我不觉得这是在做电视节目，而是在与他们做心灵沟通。往往在谈笑风生之间，便愉快地完成了采访任务。这些大家或才思敏捷、出口成章、妙语连珠，或不善言辞、讷口少言、惜字如金。但是，他们往往在不经意间语出惊人，激发出智慧火花，道出那些鲜为人知的往事，几乎不用整理，即可成为一篇真实可信的口述历史。而对观众来说，大家也愿意看到名家大师与主持人之间“说戏话”。

岁月流逝，时过境迁，采访过的名家大师中，有几位已经远离我们而去，更多的师长依然活跃在戏曲、书画、影视、曲艺、体育等领域，尽管岁月让他们白了头，他们却始终不改儒雅的风度、不凡的谈吐、矍铄的精神，依旧孜孜不倦地传递着中华文化的精神财富。有缘亲近他们，如同艺海拾贝，使人明白，支撑他们“舍我其谁”大家气度的精神力量，正是坚定的文化自信。我祝福他们：健康长寿，艺术长青！

如今《闲话上海・阿王拜年》系列节目以书籍形式结集出版，我认为这项工作很有意义，既为当代名家大师做艺术小结，又为红色文化、海派文化、江南文化留下珍贵的口述历史。随着时间的推移，这本书的价值会更加凸显，我认为，这本书，值得欣赏和收藏。

再次感谢观众朋友们对沪语节目《闲话上海》的喜爱和支持，谢谢！

王汝刚

2023 年 5 月 7 日

目 录

海纳百川
HAINABAICHUAN

不拘一格
BUJUYIGE

非同寻常
FEITONGXUNCHANG

东方之声
DONGFANG ZHI SHENG

上海名片
SHANGHAI MINGPIAN

海纳百川

HAINABAICHUAN

闲 话 上 海

“唐明皇”唱做俱佳，《长生殿》戏以人传

昆曲表演艺术家，国家一级演员，第二批国家级非物质文化遗产项目昆曲代表性传承人，第四届中国戏剧梅花奖获得者。

1941 年 7 月出生于浙江吴兴；
1954 年，考入华东戏曲研究院昆曲演员训练班（昆大班），师承俞振飞、沈传芷、周传瑛等京昆名家；
1961 年 7 月，加入上海市戏曲学校京昆实验剧团（后改名为“上海青年京昆剧团”）；
1977 年，上书中共上海市委，要求恢复成立昆剧团，1978 年 2 月，上海昆剧团正式成立；
1987 年，凭借昆剧《金雀记·乔醋》《荆钗记·见娘》获第四届中国戏剧梅花奖；
1990 年，任上海昆剧团团长；
2009 年，获第四届中国昆曲艺术节“特别荣誉奖”；
2014 年，获第六届上海文学艺术杰出贡献奖。

CAI ZHENGREN

海上有大家
HAISHANG YOU DAJIA

【访谈对白】

不要“曲”字，就叫上海昆剧团

王汝刚：蔡老师您最近在做些什么？

蔡正仁：这两天我一直在苏州，昨天刚刚赶回来。在帮苏州昆剧院排戏，这是我第一次做导演。他们没有导演，我做导演，排《蔡伯喈琵琶记》。这个戏大概马上就可以演出了。

王汝刚：今年正好是你们（上海昆剧团）团庆40年。我们蔡团长立下了汗马功劳，您不知道跑了多少路，写了多少信，为了恢复昆曲艺术，为了弘扬祖国的民族文化，您功不可没。

蔡正仁：谢稚柳谢先生、陈佩秋老师，他们两个人也是昆曲迷，他们当时来做我的工作，说：“现在‘四人帮’被粉碎了，你为什么不来叫大家一起把上海昆剧团恢复起来，搞一个青年昆剧团？”我说：“这蛮难的，昆剧团要恢复起来，没有上海市委批准下决心怎么能行呢？”他说：“你为什么不可以写封信呢？”我说：“信写出来之后，怎么交到他们手里面呢？”谢伯伯说：“蔡正仁你这个人糊涂啊，我来给你送上去，你相信吗？”这个有道理，于是我写了一封信，交给谢伯伯。

的确，信很快就被亲自送到几位领导的手中，那是在1977年冬天。1978年春节以后，马上就有回应了。上海市委正式批准成立上海昆剧团，我还记得当时这个批文我看了，成立上海昆曲剧团。我跟当时上海文化局局长李泰成说：“李局长，叫上海昆剧团就可以了，不要叫上海昆曲剧团，对吧？市里是这么批的。但您想想看，上海京剧院、上海越剧院，总不见得叫上海京剧剧院，上海越剧剧院，这样念出来难过吗？多一个字。”他一听觉得倒是，说：“你说的有道理。我就做主了，上海昆曲剧团就改成上海昆剧团。”从此，上海昆剧团就成立了。

有继承有创新，百年经典也适应年轻观众

刘晔：很多年轻人喜欢昆曲的一个很重要的原因，就是《长生殿》。因为年轻人其实一开始对昆曲并不是很了解，复排《长生殿》之后，很多年轻观众会走到剧场里面去看，看了之后非常喜欢。

蔡正仁：京剧也改编了《长生殿》，什么《梅妃》，什么《太真外传》。其他剧种也有，但是改来改去都比不过昆曲的《长生殿》。洪昇写得了不起，《长生殿》是昆曲经典中的经典。凡是昆曲演员，尤其是唱小生的，如果你不会唱《长生殿》是通不过的。《牡丹亭》就更不要说了，全国8个昆剧团，现在没有一个剧团不演这个戏。

刘晔：这么经典的剧目，现在年轻人都能够接受，是不是在排演包括这次复排当中，加入了一些创新的东西?

蔡正仁：首先我想强调一下，实际上昆曲所有的创新必须有一个大的原则，就是必须在继承的基础上进行创新。不能因为昆曲创新，唱得昆曲不像昆曲，歌曲不像歌曲，那不叫创新。《长生殿》所谓的创新就是我们在排练时，对人物的处理、音乐的丰富等方面进行了加工提高，适应当代的观众，尤其是年轻观众非常喜欢听，也喜欢看。

《长生殿》剧照

唱戏要“巧练”，肚皮当皮球“一捏一放”

王汝刚：您表演得也好，不仅是唱腔。比如《太白醉写》这几声笑，我佩服您的。

蔡正仁：《太白醉写》这个戏，是我们昆曲小生最难演的戏。俞老师讲给我听，他20岁左右学了《太白醉写》，一直不敢演。我问他为什么不敢演。他说他认为自己演不好，不敢演。学了20多年，一直到40多岁，他才慢慢地试着上去演，后来这出赫赫有名的《太白醉写》成了俞振飞的看家戏、代表作了。

我说：“老师，你这个戏最难的是什么？”他说：“最难是一个醉态，因为这个戏，李太白从一开始上场就是喝醉了，昨天晚上喝得酩酊大醉还没醒过来，早上皇帝就要叫他起来，那么只好起来了，但是他还没有醒透。这种样子你怎么表演出来？而且还有一个特点，这个戏从头到尾，唱只有两句。其他全是表演，还有就是各种各样的笑。他看见高力士，心想高力士你算什么？专门拍马屁的。高力士说，你不知道我这个高常侍的虎威吗？李白一看，这种人什么虎威？这里是鄙视的笑。还有大笑，还有一种狂笑，就是各种各样的笑在这个戏里面都有。”对了，当初学这个戏的时候，最难的，也是最达不到要求的就是这个笑。俞老师笑，他是“哈哈哈哈”，有自己特色的。我在练笑的时候，练了半天，顶多笑四五声就没气了。我实在弄不出来，去问俞老师，我说：“老师，我听您的笑，笑得很长、很豪爽。什么道理？我笑四五声气就没有了。”

《太白醉写》剧照

王汝刚：而且他年龄还比您大。

蔡正仁：对，年龄比我大，中气比我足，什么道理呢？俞老师听见我这样问他，他说：“蔡正仁，你要动动脑筋。唱戏一定要苦练，但是光苦练不行，还要巧练。”我说：“对，怎么巧练，怎么笑呢？”然后他说给我听了，他说：“你啊，这个肚皮，你就把它当成一个大的皮球，你这皮球捏着，一捏一放，永远不会没气的。

你一直‘哈哈’下去好了。”

王汝刚： 您这样一说呢，我也蛮有感触的。比如我们现在年轻的演员，都会唱《金陵塔》。每个人都能唱，气可以拖得很长，但是拖到后面没有味道。我们袁一灵大师，他非但拖得时间长，而且节奏、味道都在当中。这个东西一般角儿不会讲的。只有自己的得意门生、自己信任的学生他才肯传授，俞老是把真谛教给您了。

蔡正仁： 有窍门。所以我一听，茅塞顿开。这个道理很清楚，我怎么想不到呢？照他的办法，我再笑，就可以一直“哈”下去了。

昆曲作儿歌，哄睡“小戏迷”

蔡正仁： 这幅是俞老师写给我的：转益多师与古同，总持风雅有春工。兰骚蕙些千秋业，只在承前启后中。

王汝刚： 老先生对您的评价很高。您的孙女是您最大的戏迷，而且一直跟着您表演，是吗？

蔡正仁： 对。她那时候是10岁，过了年要11岁了。在《喝彩中华》节目当中，她唱了一段《游园》，也像模像样的。这小家伙有一个特点，她不管台上有多少人或者电视台去拍她，她不怕的，她上去完全放松。我想这个对演员倒是很难的。很多人上去，人一多马上紧张，一紧张发挥不出来了。

刘晔： 她还是“小毛头”的时候，蔡老师您就开始教她了。

蔡正仁： 也不叫教，因为什么呢？她的父母抱着她，不知道什么道理，她一直哭，哭来哭去。我说你们让我来抱吧，我抱着她还哭，我想这怎么办呢？我就给她唱昆曲，我就唱“原来姹紫嫣红”，这一段《皂罗袍》唱了一半，小家伙睡着了。

【节选自《闲话上海·阿王拜年》访谈实录】
2018年2月16日《新闻坊》栏目播出

【名家往来】

官生之冠，大汉天声

每个民族都有一种高雅精致的表演艺术，深刻地表现出那个民族的精神与心声，他们对自己民族这种“雅乐”都极引以为傲。我们中国人的“雅乐”是什么?我想应该是昆曲——这种有 400 多年历史、曾雄霸中国剧坛、经过无数表演艺术家千锤百炼的精致艺术。

昆曲从明朝流传至今已有 400 多年的历史，可以说是“百剧之祖”。它是一门独特优美的戏剧艺术，包含了文学、音乐、舞蹈、美术诸元素，又融合唱、念、做、打等各种表演手段，在长期的历史发展过程中，形成了完整而独特的艺术形式。而在文学上，它又以明传奇或元杂剧为底本，和中国历史悠远的韵文文学相结合，是这个长河中的一个支脉。

昆曲无他，得一美字：唱腔美、身段美、词藻美，集音乐、舞蹈及文学之美于一身，经过 400 多年，千锤百炼，炉火纯青，早已达到化境，成为中国表演艺术中最精致最完美的一种形式。在我看来，昆曲是最能表现中国传统美学抒情、写意、象征、诗化的一种艺术，能够把歌、舞、诗、戏糅合成那样精致优美的一种表演形式，在别的表演艺术里，我还没有看到过，包括西方的歌剧和芭蕾，歌剧有歌无舞，芭蕾有舞无歌，终究有点缺憾。昆曲却能以最简单朴素的舞台，表现出最繁复的情感意象来。而这一切，都源自昆曲表演艺术家的精湛技艺，正所谓“戏以人传，生生不息”。

我与当今昆坛大家蔡正仁先生有戏缘。20 世纪 80 年代，我第一次回到上海，就看了蔡正仁与华文漪演出的《长生殿》。华文漪气度高华，技艺精湛，有“小梅兰芳”之誉；而蔡正仁饰唐明皇，扮相儒雅俊秀，表演洒脱大方，完全是“俞派”风范。两人搭档，丝丝入扣，举手投足，无一处不是戏，把李三郎与杨玉环那一段天长地久的爱情，演得细腻到了十分，也把中国李唐王朝那种大气派的文化活生生地搬到了舞台上。落幕时，我不禁奋身起立，鼓掌喝彩，我想我不单是为那晚的戏鼓掌，更深为感动：历经沧桑，中国最精致的艺术居然还能幸存！而“上昆”艺术家们的卓越表演又证明了昆曲这种精致文化薪传的可能。

后来我又看了蔡正仁先生最拿手的好戏——《长生殿》里的《迎像・哭像》。这出戏是昆曲中非常吃功夫的，一个人要演、唱半个多小时的独角戏，要把历史沧桑、唐明皇退位后那种老皇的心境——悔、羞、苍凉、自责，种种复杂的感受统统演出来，使观众如痴如醉。蔡正仁一上来念了两句词：“蜀江水碧蜀山青，赢得朝朝暮暮情。”一下子气氛就出来了，真可谓唱做俱佳。我这一生看过不少好戏，但那天晚上的戏给我很大的感动，可以说是一种美学上的享受。

20 世纪的中国人，心灵上总难免有一种文化的飘落感，因为我们的文化传统在这个世纪被伤得不轻。昆曲是中国现存最古老的一种戏剧艺术，曾经有过如此辉煌的历史，我们实在应该爱惜它、保护它，使它的艺术生命延续下去，为 21 世纪中华文化全面复兴留一枚火种。因此，蔡正仁先生等一批承上启下、继往开来的艺术大家，在今天就更具有举足轻重的文化价值与意义了。

欣逢蔡正仁先生八十寿诞，作为老友，写下这些文字以为祝贺，并题词两句，以表感佩之情——官生之冠，大汉天声！

白先勇
作家
昆曲研究和推广者

面对皓月“喊嗓子”，走进生活“买汏烧”

京剧表演艺术家，国家一级演员，第一批国家级非物质文化遗产项目京剧代表性传承人，曾三次获中国戏剧梅花奖，中国戏剧梅花大奖首位获得者。

1940 年 7 月出生于北京，从小受家庭艺术氛围熏陶，5 岁登台，10 岁正式拜师学京剧花脸，由陈富瑞开蒙，后师从侯喜瑞、苏连汉等名净；

1959 年，随父尚小云调到陕西省京剧团当演员；

1976 年，任陕西省京剧团副团长；

1985 年，凭借两部经典传统戏，获第二届中国戏剧梅花奖；

1992 年，应邀来沪主演新编历史剧《曹操与杨修》，以“曹操”一角享誉大江南北，并正式调往上海京剧院；

1996 年，凭借《曹操与杨修》，第二次获中国戏剧梅花奖；

1999 年，主演《贞观盛事》；

2002 年，主演《廉吏于成龙》大获成功，探索人性、激活传统的“尚长荣三部曲”形成；

同年，第三次获中国戏剧梅花奖，成为中国戏剧梅花大奖首位获得者；

2017 年，获中国文联“终身成就戏剧家”称号。

【访谈对白】

曹操是我的“介绍人”

尚长荣：我工作和生活调到上海，是有这么一个“介绍人”。

王汝刚：哪一位？

尚长荣：曹操，曹丞相是我的“介绍人”。那是 1987 年，我得到了这个剧本，当时我的目标选定了上海，我就觉得这个戏要排在上海排，一定能够搞出来。那时候我就夹着剧本，听着贝多芬的《命运交响曲》，坐着火车，夜闯潼关，潜入上海滩，谋求同上海京剧院的合作，想起来已经 31 年了。

王汝刚：真所谓一炮打响。您这几本剧我们都看过的，像《霸王别姬》《曹操与杨修》《廉吏于成龙》。您为了拍于成龙，塑造好这个角色，深入到什么程度？

尚长荣：减肥，我自己减肥。其实那个时候，我也不算太胖，但总觉得演于大人（他又叫“于青菜”），不能太富态了，所以我想尽办法，减了 8 公斤。

舒怡：您是不是因为，虽说退休了，但是一直“退而不休”，还是在继续忙京剧的事业，所以保养得这么好，心态也非常好？我最佩服尚老师的一点，就是尚老师在二三十岁也就是我们说起来风华正茂的时候无法唱戏，那是最苦的时候。

尚长荣：应该说，那十来年我吃了不少苦，但是我觉得那段时间，我更认识到社会的冷暖。那个时候说话的声音都不敢太大，尾巴不能翘起来，不能嚣张，

《曹操与杨修》剧照

有很多“不能”，一直很压抑。当时嗓子不行了，我横下一条心，只当第二遍倒仓（变声）。那时候我在西安，每天天没亮就到郊区的公园、河边，面对皓月，有时面对风雪“喊嗓子”。怎么也得有个不下小半年，嗓子不是马上就能恢复的。

王汝刚：我们都有这样的体会，一个演员嗓子一旦不好，是真的痛苦。

尚长荣：是的，要变那种困苦浩劫、困难不利的因素为一种激励和促进的动力。所以我到现在 70 多岁还能演戏，能在舞台上不断地摸爬滚打。现在我每天早晨睁开眼睛，第一句话就是：快乐工作生活每一天。

她是我的第一个女朋友，我是她的第一个男朋友

尚长荣：她（爱人高立骊）是我最大的支持者，无论是以前还是现在，当我最困难的时候，我们共同携手，渡过了那一段艰苦的历程。应该说，我们“金婚”已经过了，现在的目标是“钻石婚”，她是我的第一个女朋友，我是她的第一个男朋友。

舒怡：您已经“金婚”了，这么多年，您觉得夫妻相处的秘诀是什么？

尚长荣：应该是相互理解，特别作为丈夫、作为男人，有些事情意见不统一的时候，按咱们戏剧界来说，“喳”，让一板，就是让一拍，就什么事都解决了。

舒怡：我想问问高老师，我们通常会觉得事业上很成功的人，可能会有点儿忽略家庭，尚老师在这方面是如何平衡好的？

高立骊：他在这方面处理得很好，他在事业上付出了很多，但是他从没有忘记家庭，他爱我们家里的每一个人，所以我觉得他“两不误”，应该是这样。

王汝刚：尚老师，您大概难得听见嫂子这么说吧，这么表扬您？

尚长荣：这么表扬确实很难得。我也很忐忑，因为我做得还很不够。一个家庭里的男士，如果他只顾着自己，没有这个家，事业终究不会久远的。我之所以没有后顾之忧，是因为我有一个幸福的家庭。这个幸福家庭构建的核心不是我自己，军功章里的一多半，是我内人的。这不是拍马屁。

高立骊：我们在家里也经常这样说，我们说尚老师就是我们家的一棵大树，大家都在这棵大树下面，所以我们要爱护这棵大树，要关心他，不能光是他关心我们。他付出了很多，很累，所以我们大家都爱他，我们的小孙子也很爱爷爷。

王汝刚： 您看你们两位多有夫妻相。这些话我听了都感到幸福。

舒怡： “小树苗”在这儿。你跟爷爷学京剧吗？

尚长荣孙子： 学，会唱两句。我唱得很像唱歌。

王汝刚： 没事没事，预备——

尚长荣孙子（演唱）： 穿林海，跨雪原，气冲霄汉。

《廉吏于成龙》剧照

讨价还价我不“来三”

王汝刚： 观众很关心您，想问问您的日常生活怎么样，每天早上起来干什么？看看书吗？

尚长荣： 看看书，逛逛小菜场，买汏烧。有的菜场的店家都认识我，我比较忙的时候，好长时间没去，他们会问我：“尚老师，你好长时间没来了，是不是忙啊？”

舒怡： 您去逛菜场，会讨价还价吗？

尚长荣： 这个我不灵的，我讨价还价恐怕还不下来。

【节选自《闲话上海·阿王拜年》访谈实录】
2018 年 2 月 15 日《新闻坊》栏目播出

《曹操与杨修》剧照

【记得一二】

与尚老师见的“第二面”

其实，这不是我第一次与尚老师近距离接触，早在20多年前，我在大学里，就曾和这位国内京剧界的领军人物“面对面”。那是20世纪90年代，尚老师凭《曹操与杨修》一炮打响，火遍大江南北。之后，这部好戏在各地高校巡回演出，走向青年，也大有轰动效果——那次演出后，我们学校就成立了“尚长荣戏迷会”，专门举办了见面会。我中学时代在少年宫里正儿八经学过一段《铡美案》，进入大学又误打误撞成了京剧社社长，学的就是“裘派”花脸，遇到唱花脸的尚老师，立马成了戏迷会的“007号”会员，捧着证书上台找尚老师签名。当时，一脸慈祥的尚老师欣然抬头问了我的名字，接着当场从名字发挥，题下“艺与年进”四个大字，还和我这个愣头小伙子合影，没有一点儿名家架子。

如今，有幸邀请尚老师作为《闲话上海·阿王拜年》第一季的首位嘉宾，我再次登门拜访他，更进一步领略大师风采。虽然有了中国戏协名誉主席、戏剧梅花大奖获得者等众多头衔，但年届耄耋的尚老师亲切依旧。考虑到尚老师是地道的北京人，又在西安生活了几十年，一开始我们并没奢求他为了节目说上海话。没想到一进门，他的沪语词库就打开了：廿八年、半个老克勒……几句表达里虽然还带着北方口音，但已经浸透了艺术大师28年来为融入这座城市而做出的努力。谈到1987年，他怀揣着《曹操与杨修》的剧本、听着《命运交响曲》潜入上海滩时，尚老师家的时钟“当当当”适时地响了起来，仿佛时光倒流，又回到了30多年前他怀揣重振国粹梦想的火热年代。他回忆：“当时真的是前途未卜，但就有那么一股子劲儿想做点儿事情，跳出这汪平静的渊水、一石激起千层浪。现在回想起来，确实是受到了当时改革开放大潮的激励。”“文革”让尚老师不得不暂别舞台，等到枷锁重新打开时，他重返舞台、追回失去时光的迫切心情，可见一斑。

令人称道的是，尚老师在戏曲创作上执着，生活中却很随和，对爱人也颇有

“海派好男人”风范。夫妻两家是世交，两人青梅竹马、两小无猜，已经相互扶持走过了半个多世纪，如今访谈里一句句“甜言蜜语”，让在场的每个人不禁感叹：只羡鸳鸯不羡仙！

夏　进

《新闻坊》栏目主编

《闲话上海》负责人

尚长荣与《闲话上海》负责人夏进合影

文武一身戏，古今一肩挑

越剧表演艺术家，国家一级演员，第二批国家级非物质文化遗产项目越剧代表性传承人，“王派”花旦创始人。

1926 年出生于浙江绍兴；
1938 年，离家到上海，拜竺素娥为师；
1948 年，加入玉兰剧团，与越剧小生徐玉兰首度合作；
1952 年 7 月，参加中央军委总政治部文工团越剧队；
1953 年 4 月，赴朝鲜前线慰问演出，后参加中国人民志愿军停战谈判代表团政治文工队，立二等功；
1958 年 2 月 18 日，与徐玉兰合作的越剧《红楼梦》首演于共舞台，连演 54 场，场场满座，后拍成越剧电影，成为越剧最经典的一部剧目；
2017 年，获第 27 届上海白玉兰戏剧表演艺术奖“终身成就奖”；
2019 年，获第七届上海文学艺术终身成就奖及中国文联“终身成就戏剧家”称号；
2021 年 8 月 6 日，因病逝世，享年 95 岁。

闲 话 上 海

【访谈对白】

演不好砍我的头

王汝刚：今年是《红楼梦》这本戏上演60周年，是很值得纪念的。您刚演《红楼梦》的时候，有多大岁数？

王文娟：那时候我是30多岁吧。

王汝刚：我看过很多个版本的《红楼梦》，有上海的、有外地的，除了越剧还有其他剧种的。可以说，我心中的林妹妹只有一个，就是您。其他人各有千秋，但是要超越您，没有的，您是不可逾越的丰碑。

刘舒佳：我还听到过一个故事，王老师那时候，一开始去演《红楼梦》的时候，是自己要立"军令状"的。

王文娟：对，因为当时《红楼梦》是徐进先生写的，是越剧团的重点项目。越剧团当时有好多花旦了，包括袁雪芬、傅全香，下面还有吕瑞英、金彩风，许多花旦都很想演。那个时候我在演《追鱼》，有个总支书记对编剧徐进说，看完戏以后到后台来。他问我："王文娟，你喜欢演林黛玉吗？"我说："当然喜欢。"他又问："你演得好吗？"我说："演不好砍我的头。"你看我，立下"军令状"了，后来就真的给我们团演了。

我就要搞清楚，她为什么要哭

王文娟：林黛玉这个人物的性格也好，遭遇也好，我从小就听妈妈爸爸讲的。我爸爸是个教师，他经常讲故事给我听。所以，我从小有这样的印象，林黛玉就是要哭，身体不好。所以小姑娘小的时候身体不好，要哭，人家就会说："你怎么像林黛玉呀？"我想演这个戏，那我就要搞清楚，她为什么要哭，是她这个人天生爱哭，还是因为环境所逼，或者有另外的原因。为了搞清楚，当时我就读原著。

王汝刚：王老师说的这点，我是很有体会的。因为我们演戏都是相通的，我不能和您比，但是您的戏我也在研究。她和她的心上人贾宝玉在一起会哭；她进贾府，看见外婆也哭，但那是另外一种感情；最后《焚稿》时，她更是淋漓尽致地哭，这是她最痛苦的时候，可以说哭得登峰造极了。我说一个故事给您听。20世纪 60 年代，有一次电视实况转播你们演的《红楼梦》，这是史无前例的，以前电视没有这样转播的。那时家里没有电视机，我妈的一位朋友在百货店里面工作，在十六铺。我妈和我说，晚饭早点吃好，今天带你去看徐玉兰、王文娟老师演的《红楼梦》，看电视。我跟着去了，我喜欢看戏。跑进去一看，那个会议室，平常最多 30 个人，那天 60 个人都不止了，我那双鞋子，几次被人家踩下来了。

林黛玉的许多遭遇，我不是没有经历过

王文娟：讲到林黛玉，林黛玉的许多遭遇，我不是没有经历过。我到上海来的时候只有 13 虚岁，实际上只有 11 足岁。离开家的时候，觉得要离开爸爸妈妈，还有兄弟、妹妹，所以我走一步就回头看看，也不知道到哪里去，什么时候能够回来，我那个时候就能体会到骨肉分离之痛。我想可能林黛玉到外婆家里去也有这种感触。我到上海以后，就是依靠我的老师。过去演员有歇夏的惯例，歇夏的时间比较长，因为我没有房子，我就跟着老师。老师是红演员，有好多“粉丝”请她吃饭，请她到家里去住，我就跟在后面，感觉自己就是一个多余的人，有种寄人篱下的感觉。演好戏以后要吃夜宵，我想，我住在人家家里，老师跟朋友在谈话，我就早点儿去睡吧。睡到半夜，她们吃夜宵，老师有时会叫我也去吃点夜宵，我都不好意思。我觉得我住在人家家里，已经是多余的了，这夜宵我就不吃。实际上我很想吃，要是我在自己家里的话，我一定会起来，还要抢着吃。但是我住在人家家里，寄人篱下，这个日子确实不好过，所以自己只好咽咽唾沫。

刘舒佳：这个感觉真的是，能够反映到林妹妹身上。

王文娟：我们不是说体验吗，这种体验对我演林黛玉是很有帮助的。

隔一个江，如果不去慰问一下，会是非常遗憾的事

王汝刚：王老师，我知道您曾经参加过中国人民志愿军，到过朝鲜，对吗？

王文娟：对。主要是慰问部队，到舟山、福建，一路慰问，后来一直到东北。大家觉得都到鸭绿江边了，志愿军就在前面打仗，我们隔一个江，如果不去慰问一下，会是非常遗憾的事。一踏上朝鲜，那里是新义州，所有房子都炸掉了，地上都是很大的炸弹坑。我们通过封锁线，再到三八线，前线。

王汝刚：女英雄。

【节选自《闲话上海·阿王拜年》访谈实录】

2018年2月17日《新闻坊》栏目播出

《红楼梦》剧照

王文娟与丈夫孙道临

王文娟与王汝刚

王文娟与林青霞

明月千里共婵娟——追忆王文娟老师（节选）

2021 年 8 月 6 日，一早起来看到微信通知，再一看网上铺天盖地袭来的“王文娟逝世”的消息，我的脑子里仿佛一片真空。立马赶到老祖宗家里，一直贴身照顾老祖宗的刘萌阿姨含泪对我说：“丹丹，快给老师上香吧，老师走了。”我这才相信一切是真的，这一刻终究还是来了。站在充满着她的气息的屋子里，顿感“景物依旧人亡去”，再也听不到您说“丹丹，侬来啦”……

您最后一次在这个屋子里辅导我的戏是在 2019 年 12 月 21 日，我受长江剧场邀请举办专场，因《春香传》1954 年 8 月 2 日首演于长江剧场，故而剧场“邀请”了其中的几个折子，专场名也取为“爱・歌”。彼时我因身体原因在家休息了很久，半年也没敢和您老人家联系，再次走进您家，正在感慨之际，就听到您非常关心地问我在家有没有练唱，并开始给我制定恢复训练，必须天天去单位练功，然后每周到您家练唱。听到要办“爱・歌”专场，您非常开心，我请您老人家题写专场名，您欣然应允。隔了很多天后，打电话让我来取，只见宣纸上密密麻麻写了一纸的“爱歌”。您笑着对我说：“老师的字写不好，能用就用，不能用别勉强。”而那时的我见到满满一纸的字，早已感动不已。我知道，晚年的您醉心于书法、绘画、阅读，极其认真，特别是书法，您每天坚持练习，真可谓活到老学到老。眼前，这满纸的“爱歌”就是您一生为人为艺认真勤奋的体现，也是您对晚辈关爱支持与呵护帮助的表达。您总是说：“回顾我的一生，天资平平，无非肯下一些纯粹的‘笨功夫’，如果算是侥幸有所成就的话，只不过是这辈子没有什么太多杂念，把有限的能力，全部投入到越剧事业中去，只求‘认真’二字而已。”殊不知，这简简单单的“认真”二字，给予后辈的精神力量，何其巨大！

在向您学习《春香传》时，您说得最多的是人物感情，特别是唱腔里要融入情感。身段因是朝鲜族的，所以和传统戏的“手眼身法步”完全不一样，尤其是朝鲜舞的步子。抗美援朝时，您曾冒着生命危险去朝鲜慰问志愿军战士，并曾和朝鲜当地民众在一起生活了 8 个月，在当地学习了《春香传》。听您说当时每天一早起来，朝鲜族的舞蹈老师就带着大家集体练习朝鲜舞，就这样认认真真地练了好几个月。最终，承载着中朝友谊的《春香传》被搬上越剧舞台，也成为您与徐玉兰老师的代表作。哪怕已经是耄耋之年，您跳起朝鲜舞来依旧带着浓浓的异域风情，与春香这个角色浑然天成，没有半点儿传统古装戏的影子。您告诉我，艺术无国界，来源于生活，为时代放歌，为人民服务，才是文艺工作者最根本的任务与使命。

每次和您在一起，您从不谈个人的事情，总是在关心越剧院现在发展得怎么样，团里在排什么戏，叮嘱我们年轻一辈要团结努力，搞好业务之余，更不能松懈政治学习，一定要创作出“思想精深、艺术精湛、制作精良”的优秀作品，回报时代与人民……越歌《蝶恋花·答李淑一》是您最后创作的作品，这是拥有 64 年党龄的您对中国共产党成立 100 周年的深情献礼。为了这一天，您很早就在酝酿谱写这支曲子，甚至参考了评弹、京剧的曲调，希望用您的“王派”艺术来演唱毛主席诗词。可惜的是，您最终还是没能亲自登台，但上海越剧院全体“王派”传人的共同演唱，相信您一定满怀欣慰地听到、看到了……告别您的那天，全体“王派”弟子在您灵车渐行渐远时，集体跪拜，您的恩情滋润着我们每一个人，就像温柔的月光照亮着我们前行的方向，而我们也像漫天星辰一样围绕着您，明月几时有，千里共婵娟……老祖宗，您用自己的言行教会我们，要做一个爱国爱党、敬业乐业的戏曲演员，真正做到“台上演戏不怕复杂，精益求精；台下做人只求简单，乐于奉献”。

李旭丹
越剧“王派”传人

王文娟指导李旭丹

舞台上第一个“李铁梅”，博采众长自成一派

沪剧表演艺术家，国家一级演员，第一批国家级非物质文化遗产项目沪剧代表性传承人。
代表作:《红灯记》《苗家儿女》《桃李颂》《少奶奶的扇子》《寻娘记》《啼笑因缘》等。

1933 年 10 月生，江苏苏州人;
1947 年，拜王雅琴为师学艺并进文滨剧团，其后经常在电台播唱，崭露头角;
1951 年，随凌爱珍进爱华沪剧团任主要演员，与袁滨忠合作多年，成为广受观众欢迎的一组黄金搭档;
1973 年，“爱华”与“人沪”两团合并为上海沪剧团（今上海沪剧院），一直在该团任主要演员。

【访谈对白】

阿奶变姆妈，六院成落雨

王汝刚： 虽然您不经常在电视里出现，但是观众还是很牵挂您的，大家非常想念您！我看您气色很好。

韩玉敏： 气色好没用，我的眼睛看不出来，黄斑变性，两只都是的；耳朵重听。

王汝刚： 重听是怎么回事？

韩玉敏： 就是听不清楚。有一次舒悦打电话给我，他叫我阿奶的，他说："阿奶，你是不是在六院？"我那时候在医院里，我说："阿小，外面没有落雨。"因为我小儿子叫阿小。舒悦叫我阿奶，我以为叫我姆妈。他说你是不是在六院，我说外面没有落雨。所以现在人家说话我只听，笑。其实你们说什么我一句也听不出来，听不清楚。

王汝刚： 这个像唱滑稽戏。

为了唱戏，朱曼倩变成韩玉敏

王汝刚： 您是什么时候开始唱沪剧的？

韩玉敏： 15 岁，大概 1947 年。

王汝刚： 您是世家对吗？

韩玉敏： 我爸爸是说评弹的，朱介生。我爸认为说评弹比沪剧要难、苦，他说朱家门里的女孩子不吃开口饭。所以等到我要学戏，我妈想怎么办呢，她说不要紧，姓韩好了。我妈姓韩，所以我也姓韩了。我本来名字叫朱曼倩，就这样改姓韩，叫韩玉敏。

爱华沪剧团的“牛奶咖啡”

王幸：韩老师，您演《红灯记》的时候，是在哪个剧团？

韩玉敏：《红灯记》是爱华沪剧团的。

王幸：您不是艺华的吗，怎么会到爱华那里去？

韩玉敏：凌爱珍原来是在文滨剧团的，后来文滨剧团改组成艺华沪剧团了，凌爱珍就去办了爱华沪剧团。她有眼光，她要我，因为我从小在文滨剧团跟着他们学戏的，她又要了袁滨忠。我觉得袁滨忠唱得很好，人也很好，脾气也好，像女孩子一样，不声不响的。我脾气很倔。

王汝刚：为什么人家叫你们“牛奶咖啡”？

韩玉敏：我们唱爱情戏，我唱起来是蛮嗲的，软糯的；袁滨忠唱得是很潇洒的，听起来很有味道的。我们的观众都是年轻人，中学生很多。他们说韩玉敏唱起来很嗲，像牛奶一样，袁滨忠唱得好，很神气，像喝过咖啡了，是这样的“牛奶咖啡”。

王汝刚：牛奶咖啡配在一起最合适了！

王幸：所以年轻人喜欢喝的。

韩玉敏：爱华沪剧团确实是青年观众多，因为我们两个唱主角的都是青年。以前来说，三十几岁、四十几岁算老了，现在四十几岁还是青年。

因为《红灯记》，从爱华到上海沪剧院

王幸：那您怎么后来又会从爱华到上海沪剧院的？

韩玉敏：唱了《红灯记》以后，后面（“文革”开始后）剧团都解散了，人家都下乡劳动了，我们剧团因为一出《红灯记》，和人民沪剧团合并起来，成立了上海沪剧团，也就是上海沪剧院的前身。

《红灯记》剧照

王汝刚：那么是不是所有爱华的人，都到了上海沪剧团？

韩玉敏：没有，《红灯记》里面有角色的才进上海沪剧团，比如马莉莉，还有王珊妹。

一张纸条，再续一段情

王汝刚：在您的晚年生活当中，您碰到了邵老师。我觉得你们两个人真的是一对好夫妻。

韩玉敏：说起邵老师，我印象是蛮深的。邵滨孙唱的《唐寿哭少爷》，演的是一个流鼻涕小孩，唱得很好，他反串唱老太婆，像个老太婆，真的做什么像什么，我对他非常崇拜。后来石筱英老师没了，邵老师情绪很低落，一直坐在角落不响，要么抽烟。我当时离婚 10 年了，我们团里有位导演王兴仁问我说："老韩，你朋友有吗？"我那时候 50 多岁了，我说没有的，他说我给你介绍一个，我说你介绍谁啊？她说邵老师，我说我知道他。邵老师为人相当好，年轻的时候，在最红的时候，剧团唱好戏以后，晚上吃点心，他进去，看到工作的同志会说："我们团里有几个人？钱我付！"他就是这样的人。我说我可以考虑考虑。考虑了以后，是我主动写了一张纸条给他，他正好出去开会，我和他说，你自己身体当心点，岁数大了，情绪不要这么低落。其实王导演已经和他说过了，我又不知道，就这样开始的。

【节选自《闲话上海·阿王拜年》访谈实录】

2019 年 2 月 6 日《新闻坊》栏目播出

沪剧名旦合影

（后排左起：小筱月珍、凌爱珍、王雅琴、石筱英、汪秀英，前排左起：丁是娥、韩玉敏、杨飞飞）

【记得一二】

她是李铁梅，也是李奶奶

那是 1972 年或 1973 年的某天中午，我放学回家，我外婆正在听无线电。无线电里传来一个女生用上海话唱戏的声音，见到我，外婆笑眯眯地告诉我："筱爱琴又出来唱戏了。"随后外婆拉住我，说无线电里正在放的是沪剧，也叫申曲，就是用上海话唱的戏，已经好多年没听了，今天又听见了。

听到沪剧，感觉我外婆就像久旱逢甘霖。而对于我来讲，这种声音虽然很陌生，但我很好奇，它居然能让我外婆这么开心、这么兴奋，这真是一种神奇的声音。

后来我知道，那天无线电里放的是根据样板戏京剧《红灯记》改编的沪剧《红灯记》，唱李奶奶的不是筱爱琴，而是韩玉敏。可以这么说，是韩玉敏唱的李奶奶，把我引进了沪剧的大观园。

应该说，在几代沪剧人中，韩玉敏是幸运的。从 1947 年踏入沪剧圈，到从上海沪剧院退休，甚至退休后，她始终活跃在舞台上，即使在"文革"期间，她也依然在演戏。

在我记忆里，很少有人像韩玉敏那样，一红就红一辈子的。

她刚出道时唱电台，小小年纪就出名了。之后进爱华沪剧团，不到 20 岁就挑起了大梁。要晓得，当时上海六大沪剧团，挂头牌的都是响当当的大牌，跟他们比，韩玉敏资历浅，名气也不如他们，但是她和同样年轻的搭档袁滨忠，一点儿不输给这些著名前辈演员。

再后来，爱华沪剧团和人民沪剧团合并，成立了上海沪剧团，韩玉敏凭借李奶奶等角色，继续成为沪剧舞台上的红人。

"文革"后期，有一出沪剧，叫《开河之前》，当年可以讲是红遍上海滩，戏里向的主角之一——阿奶，就是韩玉敏扮演的。

记得在 1974 年，有一天妈妈带我和妹妹去劳动剧场（今天的天蟾舞台）看了几出小戏，压轴戏就是《开河之前》。这也是我第一次看韩玉敏的戏。

虽然“文革”时沪剧演出很少，但我还是看了《银锭飞转》《红山窑》等，这些戏中，韩玉敏都出演中老年妇女。要知道，那个年代，从新中国成立前过来的演员中，依然能在台上唱戏的，韩玉敏真的属于凤毛麟角。

再后来，“文革”结束，观众又可以看老戏了。记得复排的经典剧目《星星之火》中，女主角杨桂英就是由韩玉敏和诸惠琴轮番演出的。没想到的是，面对面听韩玉敏唱，是在《闲话上海》节目组拍《阿王拜年》，前往韩玉敏家拍摄采访时。她说最爱凌爱珍和石筱英的唱，一个爽朗，一个软糯，说着说着，就开始模仿两位的唱，模仿得真是惟妙惟肖。

韩玉敏能把其他同行的演唱特征抓得这么准，并且自己的演唱特色这么鲜明，在她这辈演员中，真的很少见到。

这当然跟她的从艺经历有关。从文滨剧团，到艺华沪剧团，到爱华沪剧团，再到上海沪剧团、上海沪剧院，韩玉敏的演艺生命从来没有中断过，可以说在舞台上红了一辈子。

好几出戏，她从孙女、女儿，演到妈妈、奶奶。年轻时演姑娘，上了年纪改演中老年妇女。

像《红灯记》，在爱华沪剧团时，她演李铁梅；到了上海沪剧团后，她扮演李奶奶；进入新世纪，她再次扮演李奶奶。无论是姑娘李铁梅，还是不太像沪剧的样板戏版李奶奶，或是唱老腔老调的李奶奶，她都出彩。

除了《红灯记》中的李铁梅和李奶奶，在《少奶奶的扇子》中，她也是年轻时演女儿，上了年纪演交际花母亲，可以讲是老少通吃。

有个很奇特的现象，韩玉敏在年轻时嗓子有点哑，而中年以后，嗓子反而变得宽而亮，不信你去听听看。

在当今沪剧界，韩玉敏的资历最老，艺术成就最高，但她不摆一点儿架子。我们拍摄结束后，她反复关照我们，要突出沪剧前辈对沪剧的贡献，不要只拔高韩玉敏一个人。

吴迪

《闲话上海》编导

《朝霞红似火》剧照

《父子恨》剧照

《少奶奶的扇子》剧照

我不相信好戏只有其他剧种排得出来

淮剧表演艺术家，戏曲导演，国家一级演员，第四批国家级非物质文化遗产项目淮剧代表性传承人，曾获上海白玉兰戏剧表演主角奖。

代表作：《红灯记》《拣煤渣》《焦裕禄》《海港》《金龙与蜉蝣》等。

1945 年 6 月出身于淮剧世家，自幼随父淮剧表演艺术家何叫天从艺，12 岁进上海淮剧团；1980 年，进上海戏剧学院戏曲导演进修班学习；执导的《母与子》获首届上海戏剧节导演奖，在《金龙与蜉蝣》中塑造的“金龙”一角，获全国地方戏曲交流演出优秀表演奖，同时获上海白玉兰戏剧表演主角奖。

HE
SHUANGLIN

海上有大家
HAISHANG
YOU DAJIA

【访谈对白】

我的“工龄”是从 12 岁算起的

刘晔：何老师，您的爷爷、爸爸都是淮剧名家，您 12 岁就进团了，是不是从小受到家庭的影响？

何双林：是的，我们祖孙三代都是唱淮剧的，我是第三代，所以说我从小就受到他们老一辈的影响。再加上淮剧界有很多优秀的前辈，从他们的演出中，我学到了好多知识。他们是到上海的第一代淮剧艺人，上海的淮剧戏班就是由他们几家发展起来的。我小时候只有一点点大，人家就把我拎到台上去了，有什么小孩的角色就让我演了。那时候大概四五岁，就会唱了。我在家排行第二，在马路上有人叫我："小二子，你唱一段给我听听啊。"我就把《白虎堂》唱起来了。后来我一直喜欢这个，小学毕业以后就进了上海淮剧团学馆，一直到现在。那时候只有 12 岁，所以我的“工龄”是从 12 岁算起的。

刘晔：那您小时候练戏，有没有受到特别的照顾？

何双林：没有，我们弟兄几个，其他人都不学，就我从小就喜欢唱，大家就觉得我在这方面有点儿灵气。我父母也很严格，不会因为我是他们的孩子就照顾我，或者让我少练点儿功、少吃点儿苦头，不管的。我妈舍不得到练功场来看我们练功，我们掰腿很痛的，妈不要看。他们说你爱好唱淮剧，你就要肯吃这个苦，否则你就不能成才。

王汝刚：父母都是著名表演艺术家，他们要培养自己的小孩，而且是 5 个小孩当中挑出一个来。如果练不好会被人家说闲话，这个压力是可想而知的。

何双林：的确是，我爸对我也比较放手，就是让我和其他老师学。不仅仅是我爸一个人来教我，还会有很多京剧老师，我们剧团里面其他好多老师都教我。我学过小丑，演过武生，后来演老生，演现代戏，演过李玉和，“文革”当中也演过《拣煤渣》，大家印象很深。我这个人就是好学，很想尝试着把其他剧种的优点融入到淮剧当中。

《拣煤渣》就是那时候的“流行歌曲”

王汝刚：刘晔你可能不太了解《拣煤渣》，但是我这一辈的人知道，电视机前的观众朋友们相信也一定记忆犹新。当年淮剧《拣煤渣》，可以说就像现在的流行歌曲一样。

何双林：人家不知道我是谁，如果知道我是唱《拣煤渣》的，都会说“好好好”。我在里面演老师傅、老工人。

王汝刚：那么今天我们一饱耳福，听你哼两句？

何双林：推起了筛子哗啦啦，哗呀么哗啦啦。仔仔细细拣煤渣，拣呀么拣煤渣。小小煤渣作用有多大？拣来拣去也拣不出个啥。煤渣虽小意义大，你千万不能小看它。

何双林、王汝刚：小呀么小看它。

刘晔：噢哟，灵的。

何双林：所以后来，就因为我们表演《拣煤渣》，跟很多著名的滑稽戏演员才有了更深的感情，他们也很喜欢淮剧。滑稽戏舞台上经常要用我们淮剧的唱腔来表演，我跟他（王汝刚）也有过合作的。他有一次演一出戏，里面要唱一段淮剧，是淮剧的连环句。

王汝刚：是《复兴之光》，我演里面的阿福。有一段淮剧我就请教何老师。

何双林：他来找我，我说好。我帮他写了个曲子唱给他听，他回去一练。到演出的时候轰动得不得了。

王汝刚：因为他自己是演员出身，所以他给我谱的谱子比一般作曲的上手，我唱起来顺口。他上手，我顺口，所以这段唱腔大家还是蛮喜欢的。

何双林：他唱了，观众欢迎了，其他的滑稽演员也来找我了。他们说“何老师你也要帮我写一段”，所以我也很开心。还把我请到他们剧团，去给青年演员排戏，排滑稽戏。有的时候还“噱”了，我有一次演角色了。演员临时生病喉咙哑了，不能演了。他们领导急死了，怎么办？包场都出去了，这怎么办？我说我来。啊，他们说，导演你会吗？我说我排过的戏，我都会的，救急可以的。

刘晔：顶了个什么角色？

何双林：里面的主角。其实我从中也学到了很多滑稽戏艺术的宝贵财富，因为我们戏曲是通的。他们老一辈滑稽戏界的这些人学淮剧，其实淮剧也从他们这里学到很多东西。

我不相信好戏只有其他剧种排得出来

王汝刚：何老师演的角色很多都得奖的。比如刚刚说的《拣煤渣》得奖了。到我们现在年轻一辈应该知道《金龙与蜉蝣》，当中金龙也是他演的，他得了国家大奖。

何双林：这个戏是在什么关头呢，就是我们淮剧不景气的时候，好戏太少，观众也流失。看到其他剧种一个一个好戏出来，我们也蛮焦急的，也不知道到底用什么样的办法来做这个淮剧。有的弄一些音乐舞蹈的东西，另外编一些有点儿“花头经”的节目，但是达不到效果。结果编剧罗怀臻写了一个《金龙与蜉蝣》剧本，又来了一个好导演郭小男。他们都带来了新的东西、新的理念。当他们叫我参加讨论的时候，我一看到这个剧本，我就说我有信心的，因为我们淮剧肯定可以上去的。这次排《金龙与蜉蝣》，我说，不管让我演什么角色，只要我能参加，我总归要努力把这个戏排好。我不相信好戏只有其他剧种排得出来。我相信我们淮剧也可以排出新的好作品来。

刘晔：《金龙与蜉蝣》里的这个角色演起来和以前淮剧里面的角色是有点儿区别的。

何双林：这个戏，编剧的手法、导演的手法都比较新颖，对我们演员来说也面临一个问题。我演这个人物也蛮“辣手”的，舞台上本来上来一位英俊的王子，演到后来人的心理扭曲了。

《金龙与蜉蝣》剧照

《拣煤渣》剧照

王汝刚：我没有想到，何老师角色演得这么好，他还有导演的才能。他不仅给我们客串导过滑稽戏，还给他们自己的淮剧也导过一本戏，这本戏叫《母与子》，《母与子》也是得过大奖的。

何双林：这个戏当时是参加上海首届戏剧节。我得了导演奖，还得了作曲奖。当时也很开心，《母与子》得了导演一等奖，而且还是第一名，把我吓"死"了，怎么会？他们说你们这个戏好，得奖是根据戏来的。

刘晔：何老师，其实说到戏曲，不光是淮剧，各个剧种现在都在讨论这个问题，就是传承创新。您刚才也提到一点儿了，在淮剧上面您的想法是什么？

何双林：我觉得地方戏曲是群众很喜欢的，真是宝贵的遗产，不能让它流失，但是要留存得好，就要靠我们继承人，就是我们这些接班人要全身心地、无私地继续学习老一辈的优秀艺术，去刻苦努力反映新生活。把学到的老一辈的技能、功夫用到创造新的戏、新的人物、新的时代精神中来，千万不要把个人的名誉地位放在第一位。

王汝刚：虽然说的是淮剧这个单一的剧种，实际上何老师说的话可以放大到整个上海文艺界，如何将海派艺术做大做强，他这话是很有参考价值的，而且每一句都值得我们回味。

【节选自《闲话上海·阿王拜年》访谈实录】
2021 年 2 月 16 日《新闻坊》栏目播出

泰斗嫡传世无双，名家独步傲艺林

记得两年前，《闲话上海》节目组导演通知我：准备采访淮剧表演艺术家何双林老师。我心情是很愉快的，与何老师相识多年，见面机会并不多，可是经常会想到他、说起他。

何双林排练中

20 世纪 80 年代，人民滑稽剧团排演滑稽戏《错上加错》，请来何双林老师担任导演。剧团艺术委员会主任杨华生在全团会议上说："有人问我，为什么从淮剧团请何双林来导戏？他懂滑稽戏吗？我告诉大家，双林是个人才，不仅戏唱得好，而且毕业于上海戏剧学院导演班，在首届上海戏剧节获得导演奖。请他来导《错上加错》，我赞成。"

在排练场上，我很快发现何双林老师与众不同的亮点，尽管他对滑稽戏的套路与语言不太熟悉，但是，他能够充分发扬艺术民主，调动演员的创作积极性，对于一些语言"噱头"，他主张让演员在排练中尽量放足，然后，根据剧情和人物性格逐一筛选采用。事实说明，何老师导演滑稽戏的方法是行之有效的，滑稽戏《错上加错》收到较好的剧场效果，连续上演百余场。

起先，我并没有加入《错上加错》剧组。后来，有位演员由于身体原因不能坚持演出，团领导要我临时去顶替角色。虽然这个角色在戏中是个跑龙套的群众演员，但何老师依然认真地安排我参加排练，不厌其烦多次和我对台词、走地位。最终，我顺利完成演出任务。何老师是淮剧名家，但是他没有名角架子，不仅认真完成本职工作，甚至还亲自登台临时“救场”。类似事例很多，可能何老师自已都记不清了，但是，这种“戏比天大”敬业爱艺的精神给我留下了深刻印象。

主演大型滑稽戏《复兴之光》是我艺术生涯中浓重的一笔，我在剧中扮演一位“小热昏”艺人阿福，角色年龄跨度大，从十多岁的青春少年到饱经风霜的百岁老人，难度可谓不小。其中有一场戏：在城隍庙茶馆中，面对为自己终身不嫁的富家小姐，阿福情真意切吐露衷肠。导演王辉荃在这里安排了一段淮剧唱段，唱词写得委婉抒情，很符合人物性格。但是，如何声情并茂唱得扣人心弦？我想到了向何双林老师求助。何老师当即答应帮助我谱曲演唱，经过他深思熟虑，果然出手不凡，把阿福这个人物内心的盼见面、怕见面、割不断、理还乱的复杂心情表达得淋漓尽致。何老师要求我演唱时，腔随情转，形随唱移，在他的辅导下，几乎每次演出，观众都会热烈鼓掌给我鼓励与肯定，我十分感谢何老师的辛勤劳动。

何老师出身于淮剧世家，父亲何叫天是享誉大江南北的淮剧泰斗，所创立的“自由调连环句”，是淮剧艺术的主要“生腔”，深受观众欢迎。何双林从小随父学艺，打下了扎实基础，多次荣获个人表演奖项，是国家级非物质文化遗产项目淮剧代表性传承人。

生活中，何老师还是个孝子。1992 年 11 月，上海美琪大戏院隆重举办“何叫天淮剧流派专场”，何老师是主要策划者，不仅请来筱文艳、杨占魁等淮剧大师，还邀请陈瑜、言兴朋、陈颖、章瑞虹等参加祝贺演出。记得那天，我唱了一段他的代表作《拣煤渣》，淮剧观众高兴极了，我一句出口：“推起了筛子……”台下观众异口同声唱了起来：“哗啦啦，仔仔细细捡煤渣……”此时，观众与演员水乳相融，心灵相通，令人感动。谢幕时，热情直率的淮剧观众对我说了一句让我开心了好几天的话：“王汝刚，你说的苏北话蛮好听的，没得丑化我们苏北人……”

2004 年，何双林老师从艺 50 周年，举办庆祝活动，筱文艳、傅全香、蔡正仁、马莉莉、王珮瑜等几代艺术家前来祝贺，我写了一副对联，镶嵌了何双林老师的大名，表达我崇敬的心情：泰斗嫡传世无双，名家独步傲艺林。岁月流逝，友谊长存，如今，年近耄耋的何双林老师继续活跃在文艺舞台，为大大小小的剧团担任导演或艺术指导，硕果累累，我衷心祝愿他身体健康，艺术青春长驻。

王汝刚

滑稽表演艺术家

《闲话上海》嘉宾主持

他是《珍珠塔》“王”，组团先“修”淮河

评弹表演艺术家，国家一级演员，上海评弹团主要创建者之一，第二批国家级非物质文化遗产项目苏州评弹（苏州评话、苏州弹词）代表性传承人。

1928 年出生于江苏常熟，受母亲影响，自幼对评弹艺术产生浓厚的兴趣；
1941 年，拜沈俭安为师学习《珍珠塔》；
1945 年，与师兄周云瑞拼档，声誉鹊起，成为 20 世纪 40 年代后期“七煞档”之一；
1951 年，加入上海市人民评弹工作团（今上海评弹团），为首批入团的 18 位演员之一；
1952 年，参加第二届中国人民赴朝慰问团赴朝鲜慰问；
1995 年，与薛惠君录制的《珍珠塔》成为上海电视台“电视书场”播出的第一部长篇评弹；
2000 年，与郑缨录制的《珍珠塔》成为中央电视台播出的第一部长篇评弹；
2019 年 10 月 24 日，因病逝世，享年 92 岁。

【访谈对白】

《珍珠塔》100 多万字，我都记在肚子里

刘晔：陈老师，您是常熟人，怎么会想到要去讲评弹的?

陈希安：我妈妈喜欢。小时候跟着妈妈出去，一直到书场里面去听书，所以我受妈妈的影响也喜欢。有时候 6 月里乘凉，我就拿着一把蒲扇，颠倒过来，柄在上面捏着，装作弹琵琶。正巧我的先生沈俭安，《珍珠塔》的“塔王”，到我们常熟来演出，他和薛筱卿老师拆档，要找一个下手。乡邻有人和他认识，对他说有个小孩介绍给他。他说蛮好，叫来看看。一看，喉咙蛮响，“卖相”蛮好的呀！于是他同意收。那时候收学生是要钱的，十担米或者金子。当时我们家里很穷，怎么能拿得出来？所以写一张纸叫“关书（契约）”。学好 4 年出来再帮 4 年，前前后后要 8 年，听听这个，蛮厉害、蛮凶险的。我 14 岁出去，1941 年离开常熟，直到现在没有回去过。先生说书，我要出去听书的，要跟着先生去听书。先生在东方书场，就是现在的文化宫，唱得不要唱了，他唱，我就听。再到吴苑书场和新仙林跳舞厅，去听，也唱，也是跟着先生。先生是坐黄包车，他有时候派头蛮大的，那时候有钱，都是这种灰皮帽子、丝绸袍子穿戴着，叮当叮当，他乘着车子，我在后面跟着跑。先生有时候夜书唱好下来要吃宵夜，就是在现在大世界转弯角的一家店。先生去吃大肉面，他也请我吃碗阳春面，所以我现在看见阳春面，都要犯恶心啦。

刘晔：您学的第一部书是什么?

陈希安：就是《珍珠塔》。这部书唱词一万六七千句，整部书 100 多万字，我都要记在肚子里面的。

王汝刚：陈老师勤奋好学，不仅从师父身上学到了《珍珠塔》的精髓，也从其他前辈身上汲取养料。

陈希安：夏荷生是唱《描金凤》的王，人称“评弹梅兰芳”。那时候他正巧在常熟许浦镇演出，和我先生演出的梅里镇只有三四里路，早上坐着独轮车推过来，一过来正好看见我在河滩边上练唱，他跑过来拍拍我肩说：“希安，你唱得

真的蛮好的，但是你唱的时候要注意，说什么都要唱高一个调。调高一个调，你真正到了台上下调一个调，唱起来就游刃有余了，用不着吊得要命了，要运用自如。”我听了他的话之后，到后来就是专门提高一个调来唱，一直到70多岁，喉咙还很响。

单打独斗没生路，“十八艺人”成立团

王汝刚：在师父的安排下面，陈希安开始和他的师兄周云瑞拼档，一下子轰动了书坛，成为当时上海滩最年轻的响档，在十里洋场的演唱业务，更加应接不暇。那您是什么原因参加了评弹团?

陈希安：1949年以后，大家逐渐意识到单靠我们几个人不行了，一定要组织起来，单干没有生路了，后来发展到18个人。1950年，18个人决定参加评弹团，（时任上海市军管会文艺处副处长）刘厚生说，工资要降低，大家尽量压低一些。所以那时候我们的工资低得不得了。

王汝刚：18个人成立了人民评弹团，就是后来的上海评弹团。据说成立以后第一件事，就是让你们“吃苦头”，去修淮河对吗?

陈希安：苦是苦得不能谈了，红的萝卜切成丝，放点儿盐。睡觉怎么睡呢?没有房子的，扎了三角形的“列宁式工棚”，下面都是烂泥，就拿打背包的油布

1951年11月20日，上海人民评弹工作团成立时“十八艺人”合影

铺在烂泥上，然后再放棉被，这样子睡觉。外面下大雨，里面下小雨。但是大家因此很有感触，觉得农民为了把淮河修好真不容易。听到很多先进事迹，听到很多农民一定要把淮河修好的想法，觉得我们应该把这些事迹写出来，淮河究竟是怎么来修好的。通过集体讨论、提意见，大家才动手写。

王汝刚：这是不是你们 18 个人的团，刚刚成立之后的第一部作品？

陈希安：第一部。

王汝刚：听说您这部《珍珠塔》，自己曾经手抄过的对吗？

陈希安：手抄本是我和师兄一起抄的。我们在苏州唱日场，唱完日场回来写书，就是唱一回书写下来，唱一回书写下来，我和师兄两个人合作的，现在这本东西我交给了高博文（评弹团团长）。

王汝刚：这个是宝贝。

为人乐观有情趣，退休在家养宠物

王汝刚：退休之后您在家里做什么？我看种了花，还养了一只小乌龟。

陈希安：这只小乌龟我养了 30 多年了。我的孙子上幼儿园的时候，带去玩的，现在孙子在英国，已经 32 岁了。它喜欢跑来跑去，我们人跑到哪里，它就跟到哪里。

王汝刚：我刚刚问师母，师母说不要看它是小乌龟，这个小乌龟还开过两刀的，像人一样。

陈希安爱人：这个小乌龟和我比较好，一直是我帮它换水、给它吃东西，所以它有点儿认我的。有的时候如果说我睡觉，或者我坐在什么地方，它就爬到我脚边，它会陪我，一个小时两个小时这样陪我。

王汝刚：这么有耐心。我们很感激您，您把家里面操持得这么好，这么开心，您子孙满堂，多开心啊。上海人说前世修来的，特别要感谢您对陈老师的照顾。

【节选自《闲话上海·阿王拜年》访谈实录】

2019 年 2 月 7 日《新闻坊》栏目播出

1990年，陈希安与薛惠君在乡音书苑演出

陈希安与周云瑞

回忆恩师陈希安先生的为人点滴

今年是敬爱的恩师陈希安先生诞辰 95 周年，老师故去 4 年了，但是他的音容笑貌和谆谆教诲一直萦绕在我的脑海，他经常叮嘱教导的话语也成为我现在对学生们说得最多的话。

老师成名很早，20 岁不到已经成为当时评弹界顶级组合“七煞档”“四响档”的主要成员，他也是创建上海评弹团 18 艺人中的中坚骨干，资历深厚、威望很高。但是就是这样一位德高望重的艺术家，却始终保持着谦逊低调、乐于助人的品格，他的君子之风和大家气度在上海评弹界乃至整个文艺界都是有口皆碑的。

老师一生中有很多令人敬佩的事迹，他自己总是说这没什么值得讲的，都是很平常的事，但在我心里却会永远铭记。记得在 1999 年 9 月，上海曲艺家协会在中国大戏院举办了两场庆祝新中国成立 50 周年的名家会书，从资历上论，我是根本轮不到参加这样的演出的，但是老师通知我：“这次你和我合作说一回书，书目你来选。”我心里明白，这是他的良苦用心，因为当时和我同届的青年演员相继转业，孤零零的我也有些动摇了，老师要用这样的机遇给我信心和勇气。我选了一回他和薛惠君老师在赴港演出中大放光彩的《珍珠塔・碧梧堂联姻》，并拆了胆子地和他说：“我要做上手。”老师听我说完后愣了一下，我当时真的后悔了，不应该说出我做上手的话，脸涨得通红地站在他面前。但是仅仅几秒钟后，老师就笑了：“嗯，你有这样的勇气很好，我做下手来捧你，我们都老了，坐哪个位子都一样，希望你们能在舞台上快快成熟起来，就是我琵琶几十年不弹了，这回书对琵琶伴奏要求比较高，我要回去好好练练……”他真的借了个琵琶回家苦练了，至今师母跟我说起老师那时每天练琵琶的情景时，我还是忍不住眼泪在眼眶里打转。这回书正式表演时，老师还特地在其中安排了好几个地方让我出彩，取得了很好的剧场效果。这回书也成了我近些年经常表演的保留书目，每每重看当时的录像，我的心情总还是那么激动难抑。

陈希安老师的顾大局牺牲小我的品格在业内也是受到数代人称颂的，记得在2003年春节前夕，评弹界在美琪大戏院举办了一场盛大的“十二寿星演唱会”，12位德高望重的老艺术家担纲主演，影响很大，观众们都翘首以盼。但是谁来演第一个节目，我们内行称之为“头档”，让主办方颇费思量。在筹备会上，老师毅然提出他演第一个，按资历的话，他压轴也绰绰有余，但是他没有计较这些。后来他私下跟我说：“一场演出总要有第一个，唱得好无论放在哪个位置都会出彩，关键是要有大局观，我提出了唱第一个，后面的排序就没那么难了，总要有人谦让一点。”就这么几句简单的话，让我看到了老师的人格魅力。“德艺双馨”四个字是对他最好的评价。他从一个旧社会过来的红艺人成为了新时代的人民艺术家，在他身上有我们学不完的品行和艺术，我们永远缅怀您，老师！

高博文
上海曲艺家协会副主席
上海评弹团团长 国家一级演员

陈希安与高博文

百岁“乌牛”，笔墨生花

国画家，中国美术家协会会员，中国剪纸学会名誉会长，吴昌硕艺术研究协会副会长，林风眠艺术研究协会副会长，浙江画院特聘画师。

1925 年出生于浙江永嘉，原名正熙，号乌牛。受父亲影响，4 岁就喜欢画画，14 岁随父学习民间壁画、漆画、泥塑、刻制、剪纸；
1942 年，随苏昧朔学习中国画、书法和诗词，成为入室弟子；
1955 年，师从王个簃研习书画，广泛学习石涛、八大山人、吴昌硕、齐白石、黄宾虹的作品；
1988 年，被评为上海中国画院一级画师（教授），被浙江画院聘为荣誉画师；
同年，为毛主席纪念堂作《湖上渔歌》图；
1994 年，获美国传记学院颁发的“二十世纪成就奖”“成就金纪录奖”“国际荣誉文化大使”称号。

闲　话　上　海

【访谈对白】

我的启蒙老师

王汝刚： 林先生，我今天看到您，一下子想到一个成语，叫“返老还童”，您是越活越年轻了。我听说您的第一个老师，就是您的爸爸，对吗?

林曦明： 是的，做剪纸、做龙灯。我们家里算条件好的，龙灯要做 5 段，从大到小，每年很早就订好了。

王汝刚： 用什么材料做的?

林曦明： 纸。纸用颜色染好，总体都是绿颜色的，当中有一段是白颜色的，看起来很鲜艳。

刘晔： 那您小的时候，就跟着爸爸学习了吗?

林曦明： 春节的时候家里就开始忙了，忙得很，我们那个地方叫溪口西山村，每一个村里都有一个龙灯。我小时候过年，每个村里都做龙灯的。龙灯基本就是用竹子做架子，外面用一层层的花贴上去，好的龙灯贴上去以后，有 5—7 层，灯点起来远看最好看。龙灯上面的戏曲人物都是我做的，我父亲拿去之后还要审查一下符不符合要求。

王汝刚： 画是谁教您的?

林曦明： 我父亲。我的第一位老师就是父亲。

博采众长，虚心求师

王汝刚： 后来您拜过老师吗?

林曦明： 后来我到温州去学画了，到苏昧朔的家里，住在他家里学中国画。他在温州地区比较有名气，跟他学了 3 年。

刘晔： 这 3 年主要学什么?

林曦明： 山水画，山水画里面有人物活动。花鸟也画的。那个时候老师忙得一塌糊涂，有名气的人来求画，他都来不及画，有的时候他画好了之后让我加颜色。

王汝刚：后来怎么又找到了王个簃先生?

林曦明：我那时候到上海来，少年儿童出版社看中了我，把我调去的。王个簃先生也是住在这个地区，蛮近的，他画得比较好。那时候少年儿童出版社会挑选稿子比较长的、内容比较好的书，请他画插画，我一边学习，一边画。学了有很多年了，他的要求很高，他很喜欢我，老师都很喜欢我的，包括林风眠对我也很好。人物、山水、花鸟都能拿得起来，后来的要求更高了，你国画怎么画，画得准确还不行，风格还要高，大写意的。上海是个大城市，画得好的人有很多。

刘晔：您拜的都是大师。

林曦明：而且我自己的要求也高，哪方面还需要补充，会去找老师学习。正好这方面的东西，自己家里资料比较少，画起来也不是很顺利，就去找一位好老师。上海地方大，你要什么老师就有什么老师，老师先看画，再决定是不是教我。

林曦明作品《牧歌图》

林曦明作品《初春》

我是来自温州的“乌牛”

刘晔：林老师，您为什么叫自己乌牛？

林曦明：乌牛是地方名，乌牛镇。

王汝刚：您老家是温州什么地方？

林曦明：温州乌牛镇西山村。

王汝刚：所以您对牛特别有感情。

刘晔：和牛的缘分很深。

林曦明：那个镇就叫乌牛镇，在农村，每个村庄“中农”以上人家都有两头牛，大牛小牛，自己放牛的。我也自己放牛，赤脚。我去放牛的时候，口袋里面会放一本小本子的，画完了之后再去买，画了许多。

刘晔：您那时候几岁？

林曦明：14 岁，写生教我很多很多，每年都画很多稿子，把最好的一批拿出来开画展，写生的稿子也可以开展览的。

【节选自《闲话上海·阿王拜年》访谈实录】

2021 年 2 月 21 日《新闻坊》栏目播出

林曦明作画中

【名家往来】

百岁老师，一代传奇——记恩师林曦明

“十分学七要抛三，各有灵苗各自探。”学一半，撇一半，未尝全学，师其意不在迹象间。这是“扬州八怪”之一的郑板桥的理念，同时也是我的恩师、著名画家林曦明先生对我的艺术指导。

林曦明老师的艺术生涯展现给我一种与众不同的感受，他是一位杰出的国画艺术大师，同时也是一位热爱民间艺术的剪纸大师。他自 14 岁学艺，后师从知名古典人物画家苏昧朔先生，由此进入中国书画大门。林老自 1954 年来上海工作之后，开始跟随王个簃先生学习花鸟画，同时也学习吴昌硕先生的艺术，他与著名画家林风眠先生和关良先生皆为一见如故的好友，常常相聚探讨中国艺术。在诸多大师的影响下，林老擅长山水、花鸟、人物、走兽，常说他对黑色最有兴趣，他以为黑色在中国画中要占主要位置，也最有力量，“黑色是色彩的皇后”。或许是受国画大师黄宾虹先生的影响，林老对积墨、宿墨、焦墨、淡墨有着特殊的兴趣，其画风追求粗狂、豪放、流畅、潇洒且恣意汪洋。林老自己说过，他曾吸收不少西画中的画法，用来充实、丰富现代中国画的创作，加强笔墨的表现力，学习传统但又不想走传统的老路。

林曦明老师常常对我们说，“现代意识、民族精神”是其艺术创作的灵魂。他说：“这八个字很重要，因为我们画的画，是给今天的人看的，没有时代精神不行。笔墨很重要，但必须表现当代人的生活，山水画也应有真山真水的时代气息。”开拓新题材，吸收新技法，笔墨随时代而变化，不断地追求新与美，是林老孜孜不倦的艺术追求。后于乐清之时，他因为报社、出版社的需要，开始改为用剪纸艺术去反映人民生活。林老与我们分享：“当时剪纸在报刊上发表，黑白分明，制版效果很好，也是练习用线、造型的好机会。学习中国画，能有机缘向民间美术学习，极为重要。”多年来，林老也在探索研究文人画与民间画融合的创新之路，他认为文人画与民间画，尤其是民间画的用色，如同京剧中的大锣大鼓的用色，把这样大块面的用色、用墨用在国画的笔墨之中，显得很有力量。林曦明老师亦将国画的创作理念与元素融入了剪纸作品中。剪纸作画，山水相融，层峦叠嶂，浓淡焦干相宜。林先生自己也有感而发道：“余以水墨写漓江山水不知其数，今以剪纸作山水是人生首创。”

林老平时不大言语，但当我遇到创作问题时，林老跟我说过一句特别的话，他说你要开眼。当时不懂何谓开眼，后来人生阅历不断丰富，对艺术创作有了自己的理解之时，我豁然开朗林老当时的赠言：开眼，就是你要睁开第三只眼睛，两只眼睛能看到的是技法、技巧，而第三只眼要看到的是精神、道。跟着老师学，一味追求技巧纯熟，精神达不到，境界也是不够的，精神到了，技法就到了，没有精神的技法等于盲目。“十分学七要抛三，各有灵苗各自探”这句话，亦是林老赠我的最大精神寄语。

林曦明作品《杨柳青青》

“群书翻尽寻法度，踏遍青山觅画材。”林曦明老师80多年的从艺之路中，作品以山居多，他说那是因为大自然以浩然正气震撼着艺术家的心灵，能唤起民族的自豪感。他的心愿是“踏遍青山人未老”，一心以描绘祖国的壮丽山河为己任，把好山好水绘入画卷。如今林老已近百岁高龄，近几年我常常前去看望他，发现他依然笔耕不辍，这般对艺术的执着追求深深鼓舞着我们这些后辈。我想这也是林老之作品作为表达其心灵世界的艺术语言，更是高于生活的艺术创造的深远价值——百岁老师，一代传奇。山河日新，天地长存。

李守白

当代重彩画家

海派剪纸艺术大师

林曦明与李守白

不拘一格

BUJUYIGE

闲话上海

嬉笑怒骂“女滑稽”，说学做唱皆是戏

滑稽表演艺术家，国家一级演员，中国曲艺家协会会员，上海戏剧家协会会员。

1926 年出生于上海，原名方丽英；
12 岁学艺，新中国成立前在多部歌舞、话剧中担任主角；
1950 年，加入合作滑稽剧团，和杨华生、张樵侬等同台演出，期间参演《活菩萨》，在剧中扮演女主角千金小姐潘丽蓉，一炮而红；
1952 年，加入大众滑稽剧团；
1956，与文彬彬、范哈哈等合作主演《三毛学生意》，后被拍摄成电影；
1979 年，参与创建上海青艺滑稽剧团，后在《啼笑因缘》《方卿见姑娘》《海上第一家》等大型滑稽戏中，均有精彩表演；
1995 年，参演海派情景喜剧《老娘舅》，连演 12 年，拍摄数百集，塑造的慈祥亲和的“老舅妈”形象深受观众喜爱。

【访谈对白】

还没出道先做“妖怪”

嫩娘： 我 12 岁时在木兰歌舞团学舞蹈，那时候还叫方丽英。我们以前的团长最喜欢我了，因为我人最高，身段好。

王汝刚： 最漂亮，对吗？

嫩娘： 漂亮，我自己也没有觉得，后来我看看倒还可以，蛮漂亮的。我们在舞蹈队，京戏里面演《封神榜》，有“妖怪”的角色，我们就去做“妖怪”。

能歌善舞的嫩娘

从“妖怪”到“活菩萨”

王幸： 您以前学舞蹈的，怎么又会到滑稽界了呢？

嫩娘： 我 25 岁那一年，有一次刚刚演完一个小品，滑稽界的老艺术家张樵侬，跑到后台来，一看见我，叫我“妹妹”。他说：“妹妹，你滑稽戏喜欢吗？”我想，滑稽戏我真喜欢呀，那时候我们看滑稽戏，把门帘拉开看，很开心，总是笑得要命，比跳舞蹈有意思。

王汝刚： 您第一本戏是什么？

嫩娘： 就是合作滑稽剧团的《活菩萨》，我在里面扮演千金小姐，一炮打响。我演《活菩萨》，赚了不少钱。

王汝刚： 嫩娘当时演出的小姐叫潘丽蓉，绿杨老师扮演她的丫头叫青梅。当时滑稽戏是不太有女演员的，这两个女演员上去，就夺人眼球，而且那时候她们两个人也漂亮，卖相好。所以 20 世纪 50 年代的时候，这本《活菩萨》曾经创下滑稽戏一年零七个月连演连满的记录。

嫩娘： 那时候我们的霓虹灯，大是大得来，就像圆台面那么大了。当时是按名字下来的，我是最后一个名字。

王汝刚： 我听说你们以前是一天演两场对吗？

嫩娘： 对的。

王汝刚： 星期天还加早场。

嫩娘： 三场。

王汝刚： 不得了。

嫩娘： 那时候是两班滑稽，卖 8 角钱一张票子。

嫩娘还触过几趟“电”

王汝刚： 嫩娘拍的第一本戏就是《三毛学生意》，导演是黄佐临先生，她演的是三毛的女朋友，叫小英，其实也不是女朋友，就是在瞎子店里一起打工的。

嫩娘： 那个瞎子，他吃鸦片的，总归要我（小英）在旁边敲背，到后来我（小英）大了，大概要十七八岁了，瞎子要调戏我（小英）了。

王汝刚： 拍戏和台上演戏，有什么不同吗？

嫩娘： 大不相同，在舞台上你可以夸张，但是电影里是真实的。我在《大李小李和老李》里面演一个“近视眼”。

王汝刚： 做广播操这段非常有趣。

嫩娘： 演广播操，谢晋给我几个镜头，“近视眼”看不见，放电影的时候下面笑得不得了。

跌跌撞撞、痴头怪脑的老鸨

王汝刚： 我和您搭档蛮多的，有一出戏是《海上第一家》。我演一个饭店的老板，您演老鸨太太。

嫩娘： 李九松演拉胡琴的，我手里拿只鸡，跌跌撞撞从里面出来，一边还要叫栀子花、白兰花、喇叭花呀。然后李九松上来了，我猪蹄一甩，鸡爪子往他身上揩呀，揩呀。他说："你揩些什么？"我说："喔唷，一本正经，我嫁给你，就是被你'揩'去的。"

跟李九松台下从来不碰头

王幸： 您和李九松老师关系很好，在舞台上，很多人都搞错，以为你们是真的夫妻。那么舞台下面，现实生活当中有没有被人家误会？

嫩娘： 我们从来不碰头的。

王汝刚： 人家当你们是夫妻的有吗？

嫩娘： 像我到东方商厦去买东西，他们总是会问："你的爱人老娘舅怎么不来？"我吓了一跳，他们弄错了。"你们不是夫妻吗？"我只好骗他们说，我们现在不在一起，因为他蛮忙的。

王汝刚： 人家倒没有误会你们已经"离婚"了，哈哈。

【节选自《闲话上海·阿王拜年》访谈实录】

2021 年 1 月 28 日《新闻坊》栏目播出

嫩娘与丈夫于飞

年轻时的嫩娘

嫩娘居家照

又嫩又噱的“女滑稽”

初次听到嫩娘的名字，还是在20世纪70年代中后期。那时“文革”刚结束，有一次，我外婆和我妈聊起了十几年没有登台的老演员。她们很兴奋，从沪剧越剧名家，说到滑稽戏大家，其中有个名字让我过耳不忘，那就是嫩娘。

那时我想，娘都是老的，怎么会有嫩的娘？至今我还记得我外婆对嫩娘的描述：皮肤又白又嫩，就像一只剥光鸡蛋……从此，有着剥光鸡蛋一样皮肤的嫩娘，就留在我心里了。

转眼到了80年代，有一次，我去大世界旁边的延安剧场（就是后来的共舞台）看了一场青艺滑稽剧团的滑稽戏。剧名我忘了，主演就是嫩娘，这也是我第一次看嫩娘的戏。

嫩娘生活照

嫩娘演的角色是个中老年妇女，因为离得远，她皮肤是不是像剥光鸡蛋，我没办法考证，但是嫩娘的喉咙和表演，我算领教到了。她喉咙刮辣松脆，在台上又蹦又跳，声音和动作极度夸张滑稽。我想，如果没有一副好嗓子和好身板，绝对撑不下这样一台戏。

之后嫩娘的戏看了不少，但生活中跟她有交集，还要追溯到三年前。

2020年春节前，我们《闲话上海·阿王拜年》节目摄制组，专程去嫩娘家拍摄采访。那天，95 岁高龄的她，穿着颜色鲜艳的服装，披了一块色彩同样艳丽的纱巾，坐在沙发上等我们。这是我第一次近距离看到嫩娘，没想到，老太太的皮肤，还真是又白又嫩，像只剥光鸡蛋。

我们一进门，她就让儿女给大家冲咖啡，拿点心，亲热地招呼我们吃呀吃呀。

节目中，嫩娘跟王汝刚一唱一和，说往事，聊家常，噱头不断。拍摄完，嫩娘硬要唱歌给我们听，唱的是电影《十字街头》的插曲《春天里》，唱到一半忘词了，浪里个浪浪里个浪……浪不下去了，于是怪我们鼓掌打扰了她。

每次看这段视频，我都忍不住想笑。老太太还很要面子，太可爱了，她的反应能力，一点儿不像是位95岁的老人。不得不说，嫩娘的表演，已经到了信手拈来、水到渠成的境界。

吴迪

《闲话上海》编导

嫩娘与《闲话上海》编导吴迪合影

遇大师拜名师，
评话“变脸”独脚戏

评话表演艺术家，单口独脚戏创始人。
代表作：《把红旗插上世界最高峰》《笑三笑》等。

1933 年出生于江苏无锡；
1947 年，拜苏州评话名艺人杨莲青为师学评话《包公》，两年后登台演出；
1956 年，师从顾又良学评话《三国》；
1959 年，加入上海先锋评弹团；
1978 年，调入上海广播电视艺术团，大胆创新，创演“单口独脚戏”，作品《笑三笑》《汤司令的烦恼》《选择》《康福寿》等，深受观众好评，先后获文化部创作演出（双）一等奖、优秀节目奖，江浙沪电视滑稽大赛最佳节目奖一等奖，评弹会演优秀节目奖等；
2001 年，获中国曲艺家协会从艺 50 年“特别贡献奖”。

闲　话　上　海

【访谈对白】

麒麟童的每个戏我都会唱

王幸：陈老师，您很小的时候，家隔壁就是黄金大戏院对吗？您一直去听“白戏”的。

陈卫伯：看“白戏”，看麒麟童（周信芳）。

王幸：您还在周信芳面前唱过戏？

陈卫伯：对，我晚上放下书包就没事了，跑到黄金大戏院去看看。里面很热闹，想听戏哪里来的钱呢？我看到后门都是演员进出，后来我知道看后门这人是个武生，之前因为在四张桌子上翻下来脚摔伤了。我就去拍他的“马屁”，我猜他脚受伤了，可能热水瓶里面的水不会多，就给他泡茶喝，第二天又去了。第三天又去，他问我：“干什么呢？”我说：“能不能让我进去看看？”看后门的人说：“听好，下场门，从打鼓佬后面进去，但不要妨碍人家进出。”周信芳演的每一部戏我都看过。周信芳问我：“你怎么天天来看我？”我说：“好看才会看，不好看我这种人站不住的。”周信芳说：“你这个话是老实话，那么看到现在会唱吗？”我回答：“唱就唱。”周信芳问：“那你喜欢学吗？”我说：“我想学。”周信芳说：“明天叫你爸一起来，我和你爸说，但是那苦能吃得下吗？”我说：“试试看。”一次我看到一个小孩翻跟头翻不过去，“啪”一鞭子过来，我吓坏了，我爸说：“你还要学吗？”我说：“不要了。”

先生的东西可以改，没有一成不变的

王幸：那后来您怎么又学评话了？

陈卫伯：我没脸再去黄金大戏院了，说好我要拜麒麟童为师的，但是看到别人挨打我不去了。当时柳林路有个雅庐书场，隔壁就是一条弄堂，弄堂进去最后一家窗开着。我爬到窗口，两只手拉着铁杆听严雪亭唱弹词，我想这个弹词我学得会，而且不需要挨打。我听好书回去，我爸问我：“阿七（小名），你到哪里去了？”我说：“去听书，严雪亭的。”“他们是不是在讲《杨乃武》？”我说：“你也知道？”“小鬼，我听书的时候，你还没有生出来呢！”原来我爸也喜欢。当时我说我喜欢听顾宏伯的《包公》，顾宏伯当时是最红的，哪有功夫教学生呢？之后我索性拜顾宏伯的先生杨莲青为师，他唱五家场子，每一家场子就这一回书。等于一回书我听五遍。听完后我都记下来。

王幸：陈老师，第一次上台您还记得吗？

陈卫伯：第一次上台我可是壮着胆上的，杨先生在沧州书场说书，杨仁麟也在沧州书场，身体不好咳嗽咳得厉害，要请人代书，我有了机会。

王汝刚：那时候几岁？

陈卫伯：16 岁，我说我心直跳，假使我昏过去你们就掐人中，下面“哗”地都笑了，说这小鬼还会放噱头呢。一个人穿着哔叽的短衫裤子，戴金丝边的眼镜，头发统统往后梳得很光，拿着一把扇子，问：“你真的是杨莲青的学生吗？”我说：“是的，这又不能瞎说的。”“蛮好，将来有出息。”我盯着他的扇子看，他说：“这把扇子送给你了，拿去。”“谢谢老听客。”瞎猫碰到老鼠了，拿回去一看，我吓一大跳，这是吴湖帆自己画的扇子。

王汝刚：这个是值得纪念的，第一次破口说书就碰到了国画大师吴湖帆，送了您一把扇子，是很大的激励。

陈卫伯：我听顾宏伯的评话有两个感觉，一个感觉顾宏伯跟着时代走，我们先生有点过时了。很明显的，连语气、语调、语句、语境都不一样。还有一个问题，就是杨莲青是这样说，顾宏伯是那样说，改了就不对了吗？后来我觉得先生的东西可以改，没有一成不变的。任何书都可以改。

陈卫伯舞台照

陈卫伯舞台照

单口独脚戏《选择》

蒋月泉、陈卫伯、沈玉良

26 岁就在台上“耀武扬威”

王汝刚：我听说第一届曲艺汇演的时候，您和蒋月泉老师、刘天韵老师一起去的。蒋月泉曾经跟您说过一番话的是吗?

陈卫伯：实际上蒋月泉对我帮助很大，一来我欣赏他的唱功，唱得好听。二来他叫我：“阿七，你在台上唱我在听，我有多‘眼热’（羡慕）。因为你还只有 26 岁，可同台演出的是侯宝林、高元钧、小彩舞，曲艺界泰斗级的人物。你 26 岁在台上‘耀武扬威’，我 26 岁还在‘抱琵琶’（做下手）。你千万不能骄傲呀。”

拷酱油的“包公”

陈卫伯：“文革”期间，剧团解散，那时候我被分到财贸系统，我是到上海南京路六店，在柜台上拷酱油。上午忙过一阵之后没事了，下午基本上是没生意的。静安别墅里面这些听客就都来了，大家都来看人。然后就有人去反映了，说陈卫伯在“放毒”。于是有人就说了，这个人不要放在柜台上了，放在柜台上烦死了，人家会去看他。后来就安排我到切面工厂去做切面，晚上要值夜班，一个月三次，睡在面粉堆里。但我收音机打开一听是小彩舞在唱，仿佛她就在眼前，我们一起巡回演出。

我说这叫“单口独脚戏”

陈卫伯：“文革”之后，第一次演出的体育馆在陕西路，卢湾区的体育馆。我上去“放噱头”，半个小时，哪来这么多噱头？下面说赶我下去。那时候市面上流行小故事，我把这些编成段子说。那时候观众笑点低，碰一碰就笑。在静园书场演出，我让黄永生的儿子，给我数数观众到底笑了多少次。数下来一共 145 次笑。苏毓荫有一次问我：“听说你的节目蛮‘噱’的是吗？”我说：“是。”“有多少噱头？”“150 个。”“150 个噱头。多少时间？”“28 分钟。”“你碰到‘活鬼'了吧，28分钟出150个噱头？”他不相信。苏毓荫带着“两喇叭”（录音机）来看我演出，坐在第五排，看到我上台了就录一下（看我有多少噱头）。第二天淮海公园喝茶，我问录下来几个噱头。他说回家数过了，近200次，都是“原子弹”（大噱头），“嘻嘻”笑的（小噱头）都没算。老先生姚荫梅（弹词名家）来听，他说：“你‘拆天拆地’了，桌子也搬掉了，凳子也拿掉了，你还像说书吗？”这时我就想到顾宏伯，他可以改，我不可以改吗？天山公园乘凉晚会就是一个转机。“评话《笑三笑》，表演者陈卫伯。”我一出去，场下一群人，每到乘凉晚会都自己带凳子，对我说：“我们跑来听书的，你是说书的吗？下去吧。”这时候我绝对不能发火，笑嘻嘻地说：“你叫我下去，不好听！我讲还没讲，说也没说，你怎么知道不好听呢？让我说一分钟两分钟，你觉得不好听，我再下去，我还气得过。”然后我就“放噱头”，还假装看看表，对台下他们说：“对不起，五分钟到了，还要我下去吗？”对方说：“对不起对不起，说下去！老‘噱’的。”当时我们还叫评话，后来我说叫“单口独脚戏”，从来也没有听到过。

王汝刚：独脚戏，曲艺，现在没有以前那么红了，怎么办？

陈卫伯：我们上海的滑稽戏、独脚戏应该是大有前途。因为现在的观众需要笑声，但这观众你研究过吗？我养成一个习惯，还没有开场，大幕拉开先看看今天都有些什么人。这也是一种调查，想想我这个表演应该放在哪个层级。

【节选自《闲话上海·阿王拜年》访谈实录】

2020年1月29日《新闻坊》栏目播出

【记得一二】

往事不能忘，岁月不旁观

印象很深，陈老先生说话往往不自觉地分饰两三人物，对白和若干情节说是一幕戏都不为过。绘状、逗噱，说表细致，刻画入微，90 多岁的一位老人，即便坐在沙发上，手、眼、神，一样不少。天赋经过历练，果然成为了一种到老都不会消退的能力。

莱特曼在《爱因斯坦的梦》里有这样一句话：如果一个人在此世界并无雄心，他是不知不觉地受苦。如果一个人很有雄心，他是有知有觉地受苦。老先生心知自己这一行是有知有觉地吃苦，但见过世面总是不一样，这世面里有与周信芳、吴湖帆儒雅崇岩般人物的相遇，也有在飘兮摇兮的岁月里，打着酱油、睡着面粉堆也要坚持唱下去的无畏。

从评话到独脚戏，从《包公》到《祝您健康幸福》，历史的苍茫奔驰与市井生活之间，那些苦趣，老先生是懂的，否则如何往台下抛“噱头”？独脚戏也确实更能突出上海人的人生观念，实实在在教你过好当下，未必深，未必远，但自有其豁达与信念；冷漠艰辛最终会被乐观坚毅打败，这是话本的结局，更是现实日常的动人。

比起网络上的表演录像，我更爱听老先生说表俱佳谈往事，那是亲手掬水的记忆，情感的撷取，不会忘。

采访结束，老先生兴致上来，唱了一段《徐策跑城》，眉眼矍铄，刚劲有力：“今日行走快似风，三步当作两步走，两步当作一步走……”

快走踏清秋，祝陈老先生健康幸福！

王幸

《新闻坊》《闲话上海》主持人

配音给了她第二次生命

配音表演艺术家，国家一级演员，译制导演。

1940 年出生于浙江浦江；
1962 年，毕业于上海戏剧学院表演系，后留校任教；
1965 年，入上海电影制片厂任演员，先后在《金沙江畔》《年青的一代》等影片中饰演主要角色；
1982 年起，任上海电影译制厂配音演员兼导演，为《非凡的艾玛》《爱德华大夫》《国家利益》《总统轶事》《最后一班地铁》《蒲田进行曲》《姐妹坡》《鹰冠庄园》等译制片中女主角配音，并担任《斯巴达克斯》《战争与和平》《看得见风景的房间》《柏林之恋》等译制片的导演。

CAO
LEI

海上有大家
HAISHANG
YOU DAJIA

闲 话 上 海

【访谈对白】

我要当一个演员

刘晔：您是怎么走上演员这条道路的？

曹雷：我爸爸喜欢戏剧，他是战地记者，跟着部队走南闯北，到处跑，但他每到一个地方，有机会他就要看当地的戏。我小的时候，有一次要参加演讲比赛，我的演讲稿是爸爸写的，就叫《我要当一个演员》，我就记得演讲稿里面有一句就是：我要当一个演员，我要我哭人也哭，我笑人也笑。我以前在中学里，都是业余做一做，没有专业基础，我普通话说得不好，但是我用功，一副快板，我自己在上面刻了几个字：夏练三伏，冬练三九，拳不离手，曲不离口。就是这样练，后来练到竹皮都磨掉了，里面的一根根竹丝都出来了。你想想看，那个时候我们苦练基本功，到这样的程度。

王汝刚：1962 年，曹雷老师以优秀的成绩从上海戏剧学院毕业，并留校做老师。很快，她被上影厂选中，在影片《金沙江畔》中担任主演，饰演藏族大土司桑格的独生女儿珠玛。像我这年龄的人，基本上都看过，拍得确实好。一方面题材好，另一方面上海人拍军事片，拍少数民族的关系是很少的，所以印象是蛮深的。

曹雷：这里面几个演员也好，都是老演员，大家对我帮助很大，一招一式对我说，镜头面前应该是什么样子的，要求和舞台上是不一样的。

王汝刚：还有一部《年青的一代》真是不得了。

曹雷：又有电影，又有话剧，这个戏在全国确实是打得蛮响的。当时有一个地质学院的毕业生，到上海来，听说我在译制厂，就跑到译制厂来想看看我，结果也没有看到。后来他写信给我，他说："我为什么要来看看你呢？那个时候，我们毕业的时候，就是看了这个电影以后激动得不得了，大家唱着电影开头肖继业唱的《地质队员之歌》走回学校。在天安门广场上，一边走，一边唱这首歌，回去后大家连夜写报告，要到祖国最需要的地方去。"

配音给了我第二次生命

刘晔：曹老师，您演了这么多经典的电影、让人印象深刻的角色，后来是怎么转到译制片的呢？

曹雷和杨苼葆，1965年《大众电影》第6期封面

曹雷：这是历史造成的，这段历史实在是起伏太大了。我拍好电影就在电影厂了，本来在电影厂里面预备拍戏的，后来不能拍了，“文化大革命”开始了。一个人的命运随着历史的车轮在滚动。后来，我身体查出癌症了，一刀开下去，就不知道接下来还有多少日子可以过了，要做化疗、放疗，我都没有做。结果瑞金医院一位老中医对我说，你不做化疗、不做放疗，我来给你看，给你开中药。于是我每天自己煎中药，每天要煎两个小时，之后我电影厂也不能做了，有人劝我病退。我那时候40多岁，我想我现在退休太早了，我觉得我还没做事情呢，怎么就退休了呢？我下不了这决心，我想我去搞配音可以吗。打了个报告送上去，被我们译制厂的老厂长看见了，他说“要”，我马上就过去了，就抱着个中药罐子去上班了。那时候刚好是译制厂最兴旺的时候，厂里面外国片子多不说，电视台也开始做海外影视，他们没有配音班子，就到我们厂里来借，到后来非但白天配，还要加夜班，《鹰冠庄园》一个星期放一集，放了三年，配了三年。还好，我家里住在电视台隔壁，我回家以后，扒两口晚饭，夏天晚上有时候索性穿着拖鞋就往隔壁电视台录音棚里跑。甚至于他们有时候配别的戏，突然出来一个角色，他们就说：“去把曹雷喊来。”一个男孩子到弄堂里喊一声：“曹雷，有个角色让你配，没几句话。”我扔下饭碗就去了，我就觉得，一下子投入到自己喜欢的工作当中去了，生病也忘记了，译制片厂配音给了我第二次生命。

刘晔：我对曹老师的配音是很佩服的，因为这角色，有些人讲英文，有些人讲日文，这口型要怎么样对得上？我也是想要讨教讨教的。

曹雷：其实这是很专业的事情，我到了译制厂等于重新学起。口型的问题，嘴巴要怎么对，放片子的时候，每个角色开口讲外国话了，就要开始数他的节奏，他这句话，可以说几个中文字，比如说，“Hello”你说“你好”，这蛮好说的，“Hi”我们就说“好啊”，也可以。如果碰上日文“**おはようございます**（早上好）”，那么我们只能先弄清楚，这两个人是什么关系，比如说，他是叫什么先生，我们就说“某某先生你早上好啊”。把它填进去，不然怎么办？还要把人物关系搞清楚，打招呼是最简单的，对话当中有的时候吵架，还有话里面有专业的内容，这是非常专业、复杂的一项工作。

我配过将近20个“皇太后”

刘晔：我知道，曹雷老师配音的戏路很宽，可以用声音塑造完全不同的角色，她还是配音界出了名的“皇太后专业户”。

曹雷：我配过武则天和好几部电影里面的慈禧太后，外国的有茜茜公主、俄罗斯的两个女沙皇、英国的女王，数起来中国的、外国的、历史上的、近现代的近20个。讲起来皇太后，并没有一个皇太后的标准，所以每个皇太后还是要配出她的个性。

刘晔：我知道曹老师最近还用上海川沙话配了一个角色对吗？

曹雷：其实我在话剧舞台上演宋庆龄的时候，我并没有用宋庆龄的口音来说话，还是用普通话。但是有一部片子，是新闻电影制片厂拿来的，要找演员配，在新中国成立后不久，宋庆龄参加世界妇女大会，她代表中国妇女去发言。这发言稿子有的，（原声）录音没有，纪录片里要用。那么拿到上海来，上海电视台就找到我，说：“我给你听宋庆龄其他的录音，你根据她其他的录音口音，想办法把这篇稿子读出来，给她配上去。”我就记得里面有几句，稿子没有了：“我代表中国两万万妇女……”他们觉得很像，就用上去了。我说这是“假冒”，但不一定是“伪劣”。

【节选自《闲话上海·阿王拜年》访谈实录】
2020年1月30日《新闻坊》栏目播出

【名家往来】

随“雷”而行（节选）

常有人将曹雷的雷写成“蕾”，曹雷纠正说：“我是打雷的雷。”

和名字“雷”相呼应，曹雷的性格有雷一般的坚决和无畏。出身于名门，但是自小颠沛流离。青年时代，因为演出话剧和电影《年青的一代》出名，美好生活刚刚开始，之后用历经劫难形容也不为过。如此多的磨难，或许会使人一生阴郁锁眉，但曹雷一直热情地工作、热情地生活，展开自己的人生。

对自己未来的决定，应该是从为《爱德华大夫》中英格丽·褒曼饰演的康斯坦斯医生配音开始的。曹雷得知褒曼是患同样的癌症去世，便写了封信给褒曼，也是给自己和所有的人——“你好吗，褒曼？对着银幕上修长的身影，随着你胸

曹雷在《年青的一代》中扮演林岚

膛的起伏，我和你一起呼吸。捕捉着你的口型，遵循着你的感情，你的精神曾充实过我的生命。如今我把生命的气息赋予你荧幕上的幻影，让中国的观众看到一个真实的褒曼。用我的心、我的情、我的音。”

曹雷的雷，就是曹雷那颇具辨识度的声音，贯穿了曹雷的艺术人生和人文世界。

2017年，曹雷和莫斯科柴可夫斯基音乐学院钢琴系主任、钢琴家安德烈·皮萨列夫第三次合作，演绎“一夜肖邦”，曹雷几大段朗读与皮萨列夫的肖邦钢琴曲，此起彼伏。两人年龄相差20余岁。曹雷银灰发色，雍容高贵，安德烈银丝任性，相得益彰。

同样精彩的是幕后故事。剧场第一排坐了些孩子，很是安静。演出结束，有人牵着孩子们走向舞台，一共20个。他们是盲孩子，是作为曹雷的客人被请来听钢琴和朗读的。我知道曹雷和盲孩子交往已久。2017年，曹雷参加央视《开门大吉》节目，一路过关获奖一万元；主持人问曹雷这些奖金派什么用场，曹雷说，她想请一些盲孩子到剧场感受声音艺术。

后来我看到了盲孩子们给曹雷发的微信。有位盲童写道：我就是那个拉着您的手不肯撒开的孩子……

20世纪60年代初，在上海戏剧学院表演系，曹雷为排练毕业大戏夏衍编剧的话剧《上海屋檐下》，收集了从清晨到深夜，上海弄堂里一天的叫卖声。清晨海关大楼的钟声，有轨电车的声音，卖菜卖点心的声音，唤醒了上海的一天。

曹雷的雷，是有回声的雷。

从20世纪70年代为外国“内参片”配音，到后来为很多外国电影配音，很多年间曹雷一直没有出过国。后来虽然有了出访，都是走马观花。直至退休后，曹雷才得以把自己的一个心愿落实——她要到每一个配音或者导演配音过的重要影片故事发生地去走一走，以这么一种方式来重温自己的配音生涯。

在每一个故事发生地前留影的时候，她想到了当年为某一部电影配音的种种细节，是“内参片”《罗马帝国》？是《爱德华大夫》？是《非凡的爱玛》？是《梅菲斯特》？是《最后一班地铁》？……曹雷为几百部外国电影配音或者导演配音过，其中有60部电影，还留下了配音笔记。这些电影的发生地，这些电影的配音场景，成了她退休后一次又一次人文漫步的去处。

旅行不是苦行僧，必有旅伴。曹雷的雷，是有雨的雷。雨者，林霏开（曹雷的先生李德铭的笔名），取自欧阳修《醉翁亭记》：日出而林霏开。如果说曹雷是将自己的配音事业和旅行黄金交叉，那么李德铭就是用自己从小的爱好集邮，来串联自己的旅行。李德铭曾经担任上海人民广播电台副总编辑、上海市政协办公厅副主任兼《联合时报》总编辑，他更大的江湖名声在集邮界，他是上海市集邮协会副会长。曹雷，雷而有雨，也是天意。

2021 年林霏开出版新书《小游记·小小邮记》，曹雷在序中写道：我的老伴李德铭从小就迷集邮，他的集邮本里最早的外国邮票是在小学五年级时收集的。走出国门“自由行”，这是我们退休生活中每年都做的安排。每到一个国家，只要有可能，当地的邮局，总是老伴必去的“旅游点”，可能的话，还要寄一封贴有当地邮票、敲有当天邮戳的实寄封。这真是旅游最好的纪念品。

马尚龙

上海作家协会理事

中国作家协会会员

曹雷生活照

搞艺术不能“偏食”，“营养”一定要丰富均衡

中国内地演员、歌手，国家一级演员。

1938 年 12 月出生于陕西西安；
1959 年，从上海戏剧学院表演系毕业，被分配到上海海燕电影制片厂。
同年，参演个人首部电影《向海洋》；
1961 年，主演谍战电影《51 号兵站》，饰演主角“小老大”梁洪；
1965 年，出演剧情电影《小足球队》；
1978 年，主演剧情电影《沙漠驼铃》；
1984 年，由中国唱片公司广州分公司录制、发行《梁波罗独唱歌曲》音带；
1995 年，参演海派情景喜剧《老娘舅》；
2013 年，主演电视剧《心曲》；
2017 年，获第 16 届中国电影表演艺术学会“金凤凰奖特别荣誉奖”。

【访谈对白】

白天上课晚上学戏，这个学生“有情况”

王汝刚：梁老师，看见您很开心！我不知道怎么称呼他，观众对他的称呼和我们行内的称呼是不一样的，很多年轻演员尊称他“梁老师”，和他同辈比他小一点儿的叫他“梁兄”，观众看到他，不叫他名字，叫他“小老大”。

梁波罗：这个“小老大”我现在算一算，1961 年《51 号兵站》首映，到现在整整 60 年了。我祖籍广东，生在陕西西安。抗日战争开始就逃难了，逃难走到安南，就是现在的越南，经过香港这样兜了一大圈，最后到上海。我爸爸决定在上海生活，那时候就住在愚园路。

王幸：我很好奇，梁老师，您是怎么走上从艺的道路的？

梁波罗：我从小就喜欢说说唱唱。我们住在愚园路，楼下住了位作曲家。经常放周璇、白光、吴莺音、白虹、梅兰芳的唱片。我从小耳濡目染，我听什么喜欢什么，对声音的识别度很高。我这个也会唱，那个也会唱。随着年龄增长，后来真的就走上了从艺的道路。那时我家里并没有人希望我从艺，我妈妈希望我做医生，但是我自己已经对艺术有些痴迷了。所以在读中学的时候，我上好课以后，一三五晚上学京剧，二四六晚上学昆曲，晚上功课不做去学戏。三四个月之后，我们的班主任，华东师范大学附中的老师说：“不对，这个学生一定有情况，功课直线下降。”后来老师就家访，说服我：“你真喜欢戏曲我们支持的。你读好高中，然后去考戏剧学院，戏剧学院是本科。”我后来想想也对。因为几个月下来人吃不消了，每天没时间睡觉，早上上课，上到晚上跑到戏曲老师家里，再说个别教授的学费很贵，老实说我也坚持不下去了。之后我高中毕业，经过千难万险总算考进了戏剧学院，随后就分配到电影厂。我们班里 20 多个人，只有两个人分配到电影厂，其余全部留在青年话剧团。

王幸：从此就开始“触电”了。

我自己认为，之后的戏都比“小老大”演得好

梁波罗：我的影视生涯第一部电影叫《向海洋》，那时候我刚到电影厂，他们也不知道我什么水平，于是就让我到《向海洋》剧组报到，扮演一个水兵，没有什么戏份。后来又拍了一部戏《激流》，演办公室的人员秘书。第三部就跳到《51号兵站》，因为电影厂也要掂掂你的分量。我当时心里想，电影厂有多少人，很多前辈都拍不到戏。电影厂一年只有十部八部电影，怎么轮得到你呢？像孙道临、赵丹、康泰，包括年轻一些的演员，一年也没有一两部戏的，所以我就耐心等待吧。结果没有想到第二年，一年都不到，我们宣布下半年的生产任务，其中就讲到《51号兵站》。《51号兵站》当时叫《地下运输兵》，我当时一点儿思想准备也没有的，结果第一个就叫：“梁洪，梁波罗。”我说：“是我吗？”我不相信。

王汝刚：那么现在想想为什么会选中您？

梁波罗：年龄是我的优势，为什么这么说，剧本要求这个角色年龄是二十三四岁。你说厂里有哪个人不超过30岁？最年轻的都超过30岁了，所以在这一点上我是占优势的。但是我也有很多劣势，比如对旧社会不熟悉，对地下工作一无所知，帮派、三教九流完全不知道。所以我觉得我也是花了很多力气和功夫来符合角色的需要。当时我收到全国各地来信，一开始传达室老大爷恨死了。开始抽屉里帮你装，后来麻袋里装，再后来越弄越多了。

王幸：“小老大”的形象真的是深入人心，到现在观众还津津乐道。之后梁老师拍的电影，实际上部部都很火的。有一部电影叫《小足球队》。

梁波罗：那是1964年在大同中学拍的。我演一个公子哥，吃“定息”的，这个角色我认为比我在《51号兵站》演得好得多。因为这类人我看得多了。

王幸：梁老师拍完三部电影之后，“文革”就开始了。您就停拍了十几年。“文革”之后有一部《蓝色档案》出来了，是您和向梅老师一起演的。

梁波罗：对。在《蓝色档案》前面还有一部电影，叫《瞬间》。我没有拍完的时候，他们就找到我演《蓝色档案》。《蓝色档案》是和向梅一起主演，当时人家就打趣地说，史秀英和“小老大”接头了。因为向梅拍过《保密局的枪声》，演史秀英。这个戏拍完在配音做后期的时候，福建电影制片厂又找来了，叫我去演一个《小城春秋》，也是演一个地下工作者。所以我连续演了地下工作的三部曲。拍完这三部戏以后，我努力做了各种各样的区别，因为地下工作三部曲虽然

保护色都不同，但是不管怎么说是同一个类型的角色。演员是很害怕定型的，你一直演这个角色是很难区别的。所以我很用功，我自己认为，我后面所有的戏都比“小老大”演得好，因为懂了，知道力气往哪里使了。但是拍到最后观众记得你的就是这个“小老大”。

余生不长，能做一些有益的事情我很快乐

王幸：梁老师除了拍电影之外，多才多艺，还拍了很多电视剧，还会唱沪剧，还会唱歌。还有《梁波罗演唱精选辑》，印象最深的就是《卖汤圆》，我到现在还会哼。

梁波罗：我一面主持，一面就唱了一首《卖汤圆》，所以这首歌就被认为是我唱出来的。事实上和我没有关系，是台湾传过来的。后来除了唱歌还唱沪剧，要么不唱，要唱就要唱得像。

梁波罗生活照

王汝刚：平常除了在家里，外面社会活动参加得多吗？

梁波罗：参加的，我觉得只要这个活动有意义，是可行的、积极的，那么我是愿意参加的。余生不长，能够做一些有益的事情，我觉得我很快乐。

【节选自《闲话上海·阿王拜年》访谈实录】

2021年2月17日《新闻坊》栏目播出

《51号兵站》剧照

梁波罗饰演“小老大”

年轻时的梁波罗

艺海无涯梁波罗

他是备受观众喜爱的电影演员，也是出过多本散文集的作家；他热爱歌唱、戏曲，开创了演而优则唱，是当之无愧的全能型多栖艺术家。

我忘不了……更忘不了幼年的伙伴，我心爱的人

梁波罗祖籍广东，可他是喝着黄浦江的水长大的。所以他对沪剧有着与生俱来的感情。他喜欢沪剧的直白，歌唱般的叙述，叙述般的歌唱，正是他追求的语言的音乐性。

年轻的时候，尽管“小老大”已经使他扬名全国，但是他对沪剧的喜爱没有减弱。众多的演员中，他喜欢袁滨忠，一位有着英俊的扮相和清亮的嗓音的小生；袁滨忠也仰慕“小老大”的银幕神采，惺惺相惜，两个人一下子成为了朋友。

2005 年 7 月，上海沪剧院在天蟾逸夫舞台举办“沪剧大家唱”演唱会，茅善玉热情邀请梁波罗参加，梁波罗主动提出要唱一出袁滨忠的代表作《苗家儿女》，用以纪念心中不能忘怀的袁滨忠。连续三天，《苗家儿女·话别》由梁波罗和演员吉燕萍演出，梁波罗情真意切地唱出了袁滨忠的“我忘不了黝黑肥沃的油泥地，我忘不了参天入云的杉木林……更忘不了幼年的伙伴，我心爱的人”。

山顶和谷底的风景，构成了完整的人生

梁波罗说，搞艺术不能“偏食”，“营养”一定要丰富均衡，就好比“存钱”一样，平时要多积累，总有用的那一天。

梁波罗能唱京剧、沪剧、黄梅戏、评弹……戏剧频道邀请他上节目唱越剧。偏偏梁波罗倒真是没有唱过越剧，节目组便专门安排了王佩珍老师帮他练台步。

《送花楼会》是小生、花旦的做工戏，表演活泼风趣，很有戏剧性。王老师怕梁波罗有压力，就说：“你放心，在排练中我会帮你做‘减法’。”没想到，这时候梁波罗年轻时学京昆剧的基本训练派上用场了。他跟着老师跑圆场、耍水袖、做身段、再亮相……老师说：“没想到你学得这么快，看来原来说的‘减法’根本没有必要，反而要给你做‘加法’了。”结果在排练中又给他加练了好些动作，并且最后一个亮相不能偷懒！

1998年，梁波罗又被邀请参演了情景喜剧《老娘舅》。情景剧的表演，很多现场抓哏，直来直去，很生活。不仅如此，通过排演，还让梁波罗的上海话水平大大提高了，甚至连“尖团音”都能较好地分清了。

广泛投身于电影、电视剧、歌唱、配音、朗诵、曲艺等多个艺术领域，梁波罗说：“小时候，我妈老说我是‘聪明面孔笨肚肠’，我就要用异于常人的努力证明，我面孔聪明，肚肠也不笨！”

梁波罗经历过20世纪60年代大红，70年代沉寂，80年代风生水起，90年代大病不死，他说：“身为万人瞩目的明星只能看到生命中的一面风景，经历过低谷，才能领略山底下的另一种风景。苦难会使人懂得什么是生活，这两方面的风景，才构成了一个完整的人生。”

秦来来

上海交通广播创办人、首任台长

从“听书”“抄书”“偷书”“说书”到“写书”

评弹作家。先后编写了大量弹词脚本，作品既保持评弹艺术的细腻特点，又注意加快行文节奏，同时贴近生活。

代表作:《苦菜花》《飞刀华》《白衣血冤》《真情假意》等，其中尤以《真情假意》影响较大，曾被改编为话剧、歌剧、广播剧等在各地演出。

1936 年出生于江苏苏州;

1955 年，加入苏州市评弹团任演员，期间参加评弹创作;

1961 年起，任专业编剧;

1980 年，调入上海评弹团;

1984—1986 年，任上海评弹团团长。

幽默大师偏佬佬
吴君玉妙语趣事

【访谈对白】

从小“听书”，唱过越剧

王汝刚：听说您喜欢上评书，是跟爸爸听书听出来的?

徐檬丹：对，我爸喜欢听书，我小时候住在八仙桥，我们到雅庐书场去听书，我爸带我去的。我刚开始听书是听顾宏伯的，好听得不得了。

王汝刚：《狸猫换太子》。

徐檬丹：听《三笑》，也蛮好听的。如果爸不带我去，我就和他吵，一定要跟着去。后来大了以后，我学过越剧，我和孟莉英同班过，那时候在杭州。不知道什么原因，这个剧团解散了，我就回到上海了。

从“抄书”到“偷书”

徐檬丹：我的两个姐姐在学说书，跟沈俭安、薛筱卿在学。我们家里很多人说书，两个姐姐、两个姐夫，再加外甥女，我大姐的儿子、儿媳妇也是说书的。我学说书也是出于偶然，因为那时候从杭州回来没有地方去，就待在家里。16岁在家里，姐姐在说书，那时候正好在“斩尾巴”，老书不能说了，说新书，她们又没有新书，那怎么办?我就帮她们去电台上“偷书”。电台上播钱雁秋的《梁祝》，他在说，我在听，边听边记，我笔头很快，等到他一回书说完，我一回书也记完了。开篇有时候我听不太懂，能够听懂6个字就写6个字，能够听懂7个字就写7个字，一句句都写下来，写下来之后等到书停了，我拿来再看。一档开篇当中，这里缺一段，我就在这里加两个字，自己补上去。

王汝刚：这是最初的创作。

徐檬丹：一部《梁祝》是我“偷”来的，我弄好，晚上就给两个姐姐。我记得，在苏州，我为她们写《秦香莲》，那时候的书不是“偷”来的，是我自己写的。因为《秦香莲》的故事我熟悉，所以我就给她们一回回写。我最初学创作的渠道是什么地方来的呢？是抄剧本抄来的，因为大姐跟沈俭安说《珍珠塔》，没有人去抄剧本，我大姐和二姐的笔头都很慢，我的笔头最快，叫我去抄书。帮她们把《珍珠塔》抄下来，等到抄过一本《珍珠塔》，我就知道了，评弹的剧本是这么一回事儿。

又“写书”又“说书”

徐檬丹：第一步是抄剧本，第二步是“偷书”，“偷书”之后开始写书了。她们没书说了，我就给她们写《秦香莲》。

徐檬丹年轻时的工作照

王幸：那时您还不是正式的编剧，什么时候开始正式写东西的？

徐檬丹：接下来我就和二姐拼档了，因为大姐二姐都拜沈俭安为师，大姐有姐夫做搭档，二姐不是落单了吗，她一个人怎么说？就把我拖上去了。

王汝刚：第一回书说的是什么？

徐檬丹：《沉香扇》，是我自己写的，我和我二姐一起说的，因为我会写书，所以说书上手很快。

王幸：因为会写。

徐檬丹：对，我拿过来就会说的，上台人家听不出来我刚开始说书，我是没有先生的，跟着姐姐就这样上去了。

正式进入评弹团

徐檬丹：上海评弹团那时候非常难进，正好苏州评弹团招考，我就到苏州去考。二姐、二姐夫陪我去考的，一考就考取了，考取了他们就把我留下来了。那时候周玉泉的学生叫薛君亚，我就和薛君亚拼双档。刚刚考出来两个月，就让我们到上海演出，一天要说四五场。

待在团里比较大的好处是能看见很多比我们好的演员，周玉泉、徐云志、黄异庵、杨震新、高雪芳、庞学庭，都是很好的演员。三年说新书，说《苦菜花》，我和谢汉庭两人，他在楼上我在下面，晚上睡觉之前写出来。到第二天，白天说《王十朋》，晚上说《苦菜花》。

现在有些年轻人的条件，实在是太优越了，一回书要背很久，背了还是疙疙瘩瘩说不清楚，我们那时候就是晚上弄好了，第二天就唱了。现在说的脱口秀，在我们那时候都有的。

最喜欢《真情假意》《一往情深》

徐檬丹：我那时候的“作品”谈不上什么作品，所谓构思、结构，什么都不懂的。27 岁开始，团里正式让我脱产搞创作了。那时候我跟邱肖鹏成了创作的搭档。老师说，你写的书有随意性，评弹要入情入理，不能你想怎么说就怎么说，要符合一个人的性格。那时开始规范化了。

王汝刚：您写的自己比较得意的新书是哪一部?

徐檬丹：两部书，一部《真情假意》，一部《一往情深》。爱情三部曲，还有一部叫《情书风波》。《情书风波》为什么我不拿出来呢? 因为它经不起推敲，我那时候不懂，只要故事好听就好了。现在人老了，这十多年，从我 78 岁开始写《雷雨》到现在，我感觉到自己进步了很多。

与吴君玉“互通有无”

王幸：徐老师，我一直想问您，您的创作是不是受到您先生，表演艺术家吴君玉老先生的影响?

徐檬丹：我 45 岁之前和吴君玉是不在一起的，我们分开 25 年，所以我们夫妻见面的时候很少很少，连谈家务的时间都没有，不要说谈书了，互相根本没有影响。真正互相影响是在我45岁调到上海以后。到上海以后，我和他天天见面，他的性格很开朗活泼，在家里一天到晚说笑话。我的书《真情假意》是例外，它是一个轻喜剧，我一般写起书来三眼一板的。但是跟吴君玉生活在一起，就会互相影响，我们两个人应该说是“互通有无”，我学他的活跃，他怎么说笑话，怎么把书说得松起来；他学我什么？一个逻辑，一个结构。这回书只要说得具体，他说得很好很好，但是全局考虑比较少。记得有一次弄一部书，在说王老师，蛮好，说着说着说成李老师了，一路说过去。我说不对，你这个书没有人听的，他说这样的书好听，我说好听也没有人听的，他还不相信，后来到场子里去说，一说果然，再好听听客也不要听，听客要听王老师，不要听李老师。后来我认可他，是因为我只要提这里应该是怎么样，他一旦接受了，说得就比我好听，这就是他的本事。

【节选自《闲话上海・阿王拜年》访谈实录】
2022年2月2日《新闻坊》栏目播出

徐檬丹与吴君玉同台表演

徐檬丹生活照

天生一对

今年是评弹艺术家吴君玉、徐檬丹夫妇的金婚之喜。提起这对伉俪，曲艺界都会翘起大拇指："优势互补，天生一对。" 50 年来，夫妻俩历经磨难坎坷，始终同甘共苦，幸福恩爱。

20 世纪 50 年代，吴君玉曾被打成"右派"，莫须有的罪名实在荒唐，其中一条令人哭笑不得——破坏中苏友谊。原来，单位组织参观新落成的中苏友好大厦，金碧辉煌的建筑令人赞叹不已。突然，细心的吴君玉发现墙上有条裂痕，十分惋惜，脱口而出："此地有条裂痕。"好事者向上反映：吴君玉污蔑中苏友谊出现裂痕。

吴君玉为此吃足苦头，有人劝徐檬丹离婚，划清阶级界限。徐檬丹淡淡一笑，说了句戏词："奴生是他家人，死是他家鬼也！""文革"中，夫妇俩受尽欺凌，依然荣辱与共、同渡难关，坚信光明的一天终会到来。

如今，吴君玉功成名就，被誉为评弹表演艺术家。徐檬丹也已"告老回乡"，从评弹团领导的位子上退了下来，安度晚年。他们儿孙绕膝，共享天伦之乐。但是夫妻俩依然钟情评弹艺术，笔耕不辍，创作了多部作品，屡获大奖。

夫妻俩和睦相处，对子女的教育却非常严格。小儿子吴新伯，子继父业，从事评弹艺术。别看小伙子曾获中国曲艺最高奖——牡丹奖，喜欢他的观众日益增多，但是被"爷老头子"骂起来，照样一声不吭，有时还会流下眼泪。怕归怕，父亲的话还是听的："爹爹讲得对，我不听变'憨大'啦。"

有一时期，吴君玉居住的社区发生盗窃案，儿子小吴好意关照老吴："爹爹，门窗关好，小贼上门，后果不堪设想。"老吴眼睛一瞪："都像你这样胆小怕事，社会治安还会好吗？"老吴转身出门，买了一把两尺长的西瓜刀回家："放在枕头下面，等小贼来了，老子和他拼了！"妻子劝说道："你以为自己是武松？不要逞强啦。你哪有力气和小偷搏斗？"吴君玉安慰太太："你放心，虽然我没有

徐檬丹与丈夫吴君玉

多少力气，但有的是一身正气。”

俗话说一物降一物，吴君玉在家里威信很高，夫人爱他，子女敬他。可是老吴看见几个苏州老太太却有点“吓势势”。原来，吴君玉兄弟姐妹共有9人，他是最小的老九，所以姐姐们都很喜欢他。早年间，父母为生活奔波，吴君玉就靠这几个姐姐抚养长大，感情之深自不必说。如今，还有三位健在的老阿姐在苏州，吴君玉经常打电话问候。如果不主动电话联系，三位老阿姐就会“兴师问罪”。通常先由小辈拨通电话，三个姐姐轮番操苏州话与弟弟对话，“弟弟呀，耐（你）为啥长远不来看我们？”“君玉呀，你现在大红大紫，把我们老太婆都忘记了？想当初……”接下来，照例是痛说苦难家史，吓得吴君玉连声道歉：“好阿姐，听我讲……”几位老太太依然喋喋不休，此时吴君玉只好请徐檬丹出面解释：“好阿姐，君玉最近演出比较忙，我伲一直想着晤笃（你们）……”弟媳妇出面，几位老太太才松口：“今朝看在檬丹面上，否则，哼哼……”

有一年夏天，天气特别炎热。吴君玉和徐檬丹专程去苏州看望阿姐，发现有个阿姐家里没有装空调，心中老大不安，徐檬丹马上为她买回一只挂壁空调。过了几天，吴君玉上阿姐门，发觉她家没有开空调，他不解地问：“介热的天为什么不开？”阿姐认真地说：“开空调蛮伤电（费电）的。”吴君玉惊讶地说：“装了空调不开有什么用？”阿姐耐心地解释说：“空调用不着开的，看看也觉着阴凉的。”吴君玉又气又好笑：“空调尽管开好了，电费我来出。”阿姐见弟弟生气了，马上赔笑脸打招呼：“好崭（好啦），弟弟不要生气，阿姐向你保证，每天开一刻钟空调。”“开一刻钟有什么用？”吴君玉没好气地反问。老阿姐却一本正经地说：“喔唷！稍微阴一阴么蛮好哉（稍微凉快一点儿就可以了）。”

王汝刚

滑稽表演艺术家

《闲话上海》嘉宾主持

过关斩将出演“杨子荣”，大红大紫背后满是艰辛

京剧表演艺术家，国家一级演员，第一批国家级非物质文化遗产项目京剧代表性传承人。工老生，擅演“余派”“马派”“麒派”戏。

代表作：《龙凤呈祥》《桑园会》《失空斩》《定军山》《四郎探母》《战太平》《淮河营》《汉宫春秋》及现代京剧《智取威虎山》等。

1935 年生于天津，自幼酷爱京剧，8 岁学戏，先后向刘盛通、雷喜福、钱宝森等学艺，多演“余派”戏。后又拜马连良、周信芳为师；

新中国成立后，随“童家班”进入上海京剧院；

1964 年，主演现代京剧《智取威虎山》，出演的“杨子荣”得到各方肯定；

1970 年，参演京剧电影《智取威虎山》，“杨子荣”成为一代人心中的永恒记忆。

闲　话　上　海

【访谈对白】

“九龄童”初登《黄金台》

刘晔：您是怎样开始学京剧的？

童祥苓：小时候家里姐姐哥哥都搞京剧，受他们的影响，我从小就喜欢京剧。

王汝刚：我想请问，您几岁开始学戏的？

童祥苓：8 岁，我 8 岁学戏。

王汝刚：那么您在家里排行老几？

童祥苓：老五。

王汝刚：最小的一个？

童祥苓：第五个，侠苓、寿苓、芷苓、葆苓、我，我母亲是不愿我学戏，我母亲要我读书，我不行，我是戏迷。

王汝刚：您的母亲不是演戏的？

童祥苓：我母亲是天津师范女子中学毕业，她跟邓颖超是同班同学。她满脑子就是读书，书香门第。我姐姐是为了生活，没办法才学戏。到我这儿，我是小儿子，死也不让我学戏，我死也要学戏。

王汝刚：您还记得，第一次上舞台演出的是哪部戏？

童祥苓：《黄金台》，我那时候 9 岁。

姐弟同台演出《尤三姐》

刘晔：那时候有部戏《尤三姐》，是您和您姐姐一起演出的？

童祥苓：对，《尤三姐》，那是 1963 年吧，荀慧生先生有一本《红楼二尤》，后来童芷苓经过思考之后，就把这《红楼二尤》改成两个戏，一个是《尤三姐》，一个《大闹宁国府》，其中《尤三姐》还拍成了电影。

王汝刚：这两个戏，当时上海京剧院演出的时候，都是相当卖座的。

童祥苓：是的。让我演贾琏这个角色，开始我也不愿意演，因为我是演老生的，怎么弄个小生让我演？后来我姐姐说："你师父不就是演小生吗？周（信芳）院长不是演过小生吗？是演员就得演戏，各种角色都得能演。"

过关斩将出演"杨子荣"

王汝刚：童老师，我们一辈人对您熟悉得不得了，您《智取威虎山》的唱段，上海人男男女女老老少少，那时候都会哼两句的。

刘晔：那时候您是怎么被选上演这个角色的？

童祥苓：《智取威虎山》过去是李仲林先生他们排的，他是演武生的。那时候《智取威虎山》杨子荣就是以"念"跟"做"为主。后来毛主席提出意见，就是京剧的"唱念做打"，要有流传的唱段，这出戏才能流传。后来我接受这个角色，解决了杨子荣的音乐形象，还有就是要唱，有声乐性。

刘晔：面试的时候，需不需要唱？您唱了吗？

童祥苓：那时候"文化大革命"，全国唱老生、唱武生的都去了，我是最后一个。向北京学习《红灯记》的时候，有一天礼拜天，突然间就让我去锦江小礼堂。那时候一进去，全国很多唱老生、唱武生的都在。我说："今天什么意思？"大家说："考试。"我就唱了一段《定军山》中黄忠的唱段。唱完之后，孟波副局长，到后台问我："你还能唱一段《法场换子》吗？"后来我就唱了一段，完了之后就把我给挑去了。

刘晔：刚刚童老师说，因为要主攻"唱"的问题，音乐性方面都包括什么呢？

童祥苓：那时候要求很具体，杨子荣这个音乐形象的基调，就是"共产党员"四个字，唱出来、树立好之后，这就是杨子荣的基调。所以我们就反复地打磨。

五里挑一的"马舞"，"找不着嘴"的座山雕

童祥苓：我们那时候要自个儿设计创作。比如说"马舞"，我在北京，芭蕾舞团、歌舞团，还有上海京剧院、北京京剧院、中国京剧院，五个方案设计给出

来了，我去学，都要学下来。学下来之后，自己从中选择创作。这一场又唱又念又打，长了，演员体力不行，短了，剧情又不行，所以还要适合演员的体力。

刘晔： 这部戏被拍成电影的时候，最难的是什么方面？

童祥苓： 先期录音我觉得最难，现在的设备是非常先进的，一个字录不好都能修改。我们当年一进电影棚就先递一句话："祥苓同志，我们这个机器是不能修改的，如果你错了就从头再来一遍。"为什么我说最难，因为当时洋乐队、中乐队在我对面同步录音，不是先期录音，你录好了乐队，我去唱，不是。如果错了，就从头来一遍，不管谁错了，从头来一遍。举个例子，就是我们"穿林海，跨雪原"这一段，录了 18 遍，唱到最后，真不行了，打针，打药水。实在不行了，我就跟乐队说："各位老大，你们多包涵吧，你们那是木头的，我这是肉的，我拼不动。"还有后期念白是对口型的，那个画面快得不得了。"天王盖地虎，宝塔镇河妖。"你找不着嘴。我们开始没有经验，后来摸索出经验了，比如说栾平，一抬手就是这个，就找着了。后来，演座山雕的贺永华，对着画面："祥苓，我的嘴在哪儿？"他找不着嘴了。

同年同月生的夫妻

王汝刚： 我觉得您现在条件这么好，身体这么好，有一个人您离不开，就是张南云老师，我非常佩服她。实际上，以前，她是好角儿，应该说，她也有自己的戏迷，她也有自己的事业。但是为了让童老师演艺事业能够上一个台阶，她把家里弄得这么好，让童老师安下心来搞艺术。我说张老师非常了不起！童老师夫妻二人可以称为梨园界、文艺界的模范夫妻，你们互敬互重一辈子，真的很了不起！你们俩是同年的？

张南云（童祥苓的爱人）： 同年同月，他比我大 5 天。

王汝刚： 那么你们现在已经结婚 60 多年了。

童祥苓： 64 年。

【节选自《闲话上海·阿王拜年》访谈实录】

2020 年 1 月 24 日《新闻坊》栏目播出

年轻时的童祥苓

《智取威虎山》剧照

童祥苓与夫人张南云

【记得一二】

“杨子荣”能文能武，还能洗碗

在20世纪70年代，样板戏京剧《智取威虎山》里的杨子荣，在中国无人不知无人不晓，而他的扮演者童祥苓，也因此大红大紫。

那时候全民都会唱几句样板戏京剧，男生唱得最多的就是杨子荣和李玉和的唱段，不光学唱，还学动作学表情。

记得我小时候最喜欢学唱杨子荣，唱《深山问苦》一场中《管叫山河换新装》时，为了博得大人的掌声，还拼命学童祥苓眉毛扬起并不时抖动的表情。

后来有一次，我听我二伯说起，童祥苓经常到他们正章洗染店洗衣服，觉得太不可思议了，心想杨子荣居然也要洗衣服。

那年《闲话上海》春节特别节目组去童祥苓家拍摄采访，才得知他当年在银幕上是杨子荣，在银幕下日子却并不好过。因为他的姐姐童芷苓当时被打成了“反革命”，他也受到牵连，所以拍摄《智取威虎山》是属于“戴罪立功”。

在剧组里，童祥苓除了拍戏，还要洗碗，而且每天要洗200多人的碗。

20世纪90年代，他跟家人一起开过一家面馆，刚开张时，为了节省成本，什么都要自己动手。有一次，童祥苓洗碗时，一个戏迷认出他后说：“童老师，您老辛苦了。”童祥苓自嘲说：“‘文化大革命’时咱洗碗洗惯了，有基本功。”

“文革”结束后，童祥苓再没演出过全本《智取威虎山》，但是平时参加演出，光唱传统戏是绝对下不了场的，最后一段必须是《智取威虎山》里的“今日痛饮庆功酒”，唱罢，最后几声大笑，每次都嗨翻现场。

那天《闲话上海》摄制组前往童老师家拍摄时，他养的狗狗有点“人来疯”，一直趴在镜头前不肯走。怕影响我们拍摄，童老师的爱人张南云把狗狗带进了卧室，并让狗狗别发声。之后，她一直在卧室陪着狗狗。

张南云也是京剧名家，跟童祥苓同年同月生，80多岁了，依然有着大家闺秀的风范，且为人低调。她一直不肯在镜头前出现，在我们的再三请求下，张南云才坐在童祥苓旁边参与访谈。她说，现在不上台了，就不再抛头露面了。

看得出，童祥苓夫妇感情很深，但他们的结合却是父母之命、媒妁之言。结婚前，他们只在大连演出时见过一面，但这并不妨碍他们日后的恩爱和默契，这是缘分，也是生活磨砺的结果。

其实，除了《智取威虎山》，童祥苓还有很多拿手剧目。在制作节目时，编导特意加上了童祥苓跟姐姐童芷苓合作的电影《尤三姐》片段。这也是童家姐弟合作拍摄的唯一一部电影，电影里童芷苓扮演尤三姐，童祥苓扮演贾琏。

看惯了童祥苓演的杨子荣，再看他演的贾琏，一出是现代戏，一出是传统戏；一个是威武的英雄，一个是浪荡的公子，反差太大了。童祥苓是丰富的，难以一言蔽之……

吴迪

《闲话上海》编导

童祥苓张南云夫妇与《闲话上海》编导吴迪合影

我不是“大家”，
我就是认真做手艺的“民间艺人”

国画家，号“民间艺人”，擅中国人物画，工写兼长，多以古典题材及古装人物入画，作品气魄宏大，笔墨雄健豪放，形象生动传神，生活气息浓郁，画风雅俗共赏。

代表作：《水浒人物一百零八图》《戴敦邦水浒人物谱》《红楼梦人物百图》《戴敦邦新绘红楼梦》《戴敦邦古典文学名著画集》等；连环画《一支驳壳枪》《水上交通站》《大泽烈火》《蔡文姬》等。

1938 年出生于江苏镇江；

1956 年，毕业于上海第一师范学校，同年任《中国少年报》美术编辑；

1957 年，任中国福利会《儿童时代》美术编辑；

1976 年，调入上海工艺美术研究所，编绘“传统题材画稿”丛书；

1981 年，调入上海交通大学教授绘画，后担任人文学院教授直至退休。

DAI
DUNBANG

海上有大家
HAISHANG
YOU DAJIA

【访谈对白】

忠于原著用心画，画得不好我负责

戴敦邦： 我应该算半个残疾人。我这只眼睛瞎了，这只耳朵听不见，基本上（右边）这一半不太有用了，就靠左边，真正是“左派”眼光。

王汝刚： 上海的现代画派当中，80 岁以上还能够画图的，戴先生是第一位。他原来为中国四大名著画插图，只画了一本《水浒传》，去年让他再加上另外三本，结果他接了这个任务。一般来说这不要紧的，硬撑坚持，每个章回再画两张。但他不淘浆糊，而是重新阅读四大名著。根据他的想法，在原来的基础上再加。也就是说一个章回当中，原来是两张插图，现在远远不止两张，而且把另外三本名著全画出来了，已经在北京出版上市，据说反响很好，买也买不到。

戴敦邦： 刚刚出来时买不到的，没有上架呢。这是因为我正好碰到中国最好的一个时代，也就是现在讲的伟大的新时代，我正好挤进去了。有些我的老前辈，比如我的老师、我崇拜的画家，他们没有碰到这样一个好时代。如果他们还健在

戴敦邦作画中

的话，可以做得比我更好。因为他们已经有名望了，但是可惜，在他们最辉煌的时候没有发挥的机会。然后像我比较“差”一些的人，做了“替工”，做了以后就顶上去了，顶着顶着就变成我做了。最清楚的，当时“文革”刚刚结束，北京外文出版社要出英文版的《红楼梦》，想来想去几个名头大的画家，都有这个或者那个问题去不了，于是找我这个“小八辣子”去做了替工，我就获得了画四大名著这样一个非常好的机会。那时候我在北京待了相当长一段时间，画《红楼梦》的时候，认识了很多红学大家，中国第一代的红学大家，我和他们都有过接触。

王汝刚：上海书展每年办一次，从开办到现在，戴先生没有缺席过一次。每一次都有新的著作，每一次都去参加活动签名售书。我亲眼看到每一次找他签名的人排队排得最长，一个人签名要签很多，他一下子可以签几百本书，而且我发现排队的人不仅有年纪大的，还有很多年轻人，连小孩都有的，像“票友”一样，您已经有很多“戴迷”了。

刘晔：您现在的“戴迷”有“80 后”也有“90 后”，但现在有些年轻人，他们很喜欢动漫，不一定是中国的动漫，您如何看?

戴敦邦：这件事比较复杂了，牵涉跨行当了。我总觉得现在我们要讲好中国故事，不管你用什么形式，只要能够讲好中国故事，有更多的读者得益，至于是不是画动漫，我觉得都可以。我们处在一个新时代，大家要有新的起点，有新的认识，我们不单单是文化大国，还要做文化强国。我们不仅要在中国 960 万平方公里大地上讲中国故事，还要到全世界去讲。我画图的艺术水平是有限的，但是

戴敦邦作品《大观园图》

我做事情有自知之明。为什么我画了这么多名著呢？我抱定了一个宗旨：自己不要玷污了原著。我画的不管《红楼梦》《水浒传》还是《三国演义》，首先就是要忠于原著，这是我绝对注意的，我做读书笔记注重细节。如果说读者觉得我有一点点可取的地方，那不是我的本事，是因为我反映出来的是原著，画得不好我负责。

王汝刚： 我们上海人在日常生活中和戴先生“接触”很多，很多人不知道。比如你去寄封信，要贴邮票吧，他邮票也画得很好。

戴敦邦： 我是镇江人，镇江要发一套邮票《许仙与白娘子》，这个故事发生在我们镇江。老家叫我画，那么我不能对不起父老乡亲，我就画了。画完，我说你们给我印得大一些好吗，我总是想让读者看得清楚一些。这次给他们画《红楼梦》，他们说：“您画得好，我们通过全国找人，您画得最好。”年纪大的人喜欢听这种好话，那么这样一下就挑我“上山”了。

我不是“大家”，我就是认真做手艺的“民间艺人”

刘晔： 在“戴迷”的心目中，您绝对是“大家”。但是您自己很谦虚，说自己是“民间艺人”。

戴敦邦： 我理解“大家”这两个字，是很多艺术家大师，这和我不是一个级别，叫我“大家”这是群众对我的爱戴，对我的一种尊重，并不是我真的就是艺术家。我觉得我不算艺术家，也没有到“大家”的程度，我就是一个认认真真做手艺的手艺人，我这么说心安理得。我在 1979 年跟着中国美协到西北去走了一圈，所有的艺术宝库我统统去看了。我看了以后感动得不得了，为什么呢？这么伟大的东西，你不得不承认是国宝，是世界级的宝藏。你看到的这些东西是怎么出来的？这些作者是谁呢？确确实实就是最底层的手工艺匠人，他们一辈子就在这个洞窟里面，又没有好好吃，又没有好好住，就睡在洞里，就这样画。有些画上我们看到的“反弹琵琶”，搞舞蹈有一个反弹琵琶，这张画实际上是在非常低的洞里画出来的。有的画又大得不得了，都是这些人认认真真完成的。你知道这些人叫什么？没有人知道的，他们共同的名字叫“民间艺人”。所以 1979 年回来，我刻了一个图章就叫“民间艺人”，我就这样盖章。人家很多人说你这是故意酸溜溜的，好像你自己画得好，“民间艺人”。我说不是的，我是真的这么认为的，所以说我现在一直叫“民间艺人”。文史馆叫我当馆员，已经三次了，三届领导要我当馆员，我谢绝了，我不做。我说我如果戴了这个帽子，我对不起“民间艺人”，人家说你“挂羊头卖狗肉”了。现在我收了一批徒弟，我说你们统统都是“民间艺人”。你们要认可我是你们的师父，我不让他们叫我老师、教授，一律只叫师父。我们的传承真正要从这方面来做。我是你们的师父，你们是我的徒弟，你们可以离开我。但是现在你们要进我门，第一关，你们必须是“民间艺人”，所以说“民间艺人”不好当，“民间艺人”难做。

【节选自《闲话上海・阿王拜年》访谈实录】
2018 年 2 月 18 日《新闻坊》栏目播出

戴敦邦与王汝刚

【名家往来】

风雨同伞

大画家戴敦邦先生的客厅里，挂着一幅题名《风雨同伞》的作品，画面上，戴先生和夫人共撑一顶伞，迎着风雨，相依相偎，走向快乐长寿的康庄大道。这是戴敦邦先生为纪念和夫人沈嘉华钻石婚亲笔绘制的杰作，画面生动传神，把岁暮晚景时饱览人间沧桑、相濡以沫的夫妻情谊，描绘得感人肺腑，令人叹服，可谓传世之作。

我每次去戴府拜访，总要欣赏这幅作品，越看越有味道，往往不由自主笑出声来，因为我想到了他们生活中的趣事。年轻时，戴先生在杂志社工作。他画技高超，非常勤奋，整天伏在案头忙碌，下班回家还经常加班。某晚，戴先生摸着脑袋对夫人说："明天我要去出差，忙得忘了，很久没有理发。"当时，芳龄24岁的戴师母说："这有何难，我来帮你剃。"说罢，顺手拿起家用剪刀。戴先生心想，妻子缝纫技术不错，一家老小穿衣缝补全凭这把剪刀。于是，他乖乖坐在椅子上，让夫人理发。戴师母一上手，就感觉不对，原来缝纫功夫和理发技术风马牛不相及，平常用惯的剪刀，一点儿不听使唤，只能硬着头皮操作……戴先生抬头一照镜子，吓了一跳，头上活像套了一只马桶箍，而且高低不平，如同被狗啃过一般。戴师母急得手足无措，戴先生安慰她："明天我去弄堂口剃头摊，请人修整。"戴师母愁眉不展："她们是家庭妇女响应政府号召，解放妇女劳动力，专为小朋友剃头的。"戴先生笑着说："蛮好，我不妨让她们技术练兵，也算为解放妇女劳动力作贡献。"戴师母这才破涕为笑。

第二天，戴先生头戴旧帽子，到剃头摊对一位胖阿姨说："请帮我剃头。"胖阿姨头摇得像拨浪鼓："对不起，我们只会剃小朋友头。"戴先生和颜悦色："我要去外地，时间紧张，帮帮忙吧。"胖阿姨振振有词："不行，万一剃得不好，不光坍我的台，还要坍全上海剃头师傅的台……"戴先生语塞，忽然看见墙上贴着电影《女理发师》广告，有了主意。他问胖阿姨："这部电影你看过吗？"

胖阿姨快人快语："看过，电影明星王丹凤演得真好，我向她学习。"戴先生双手一拍："我支持你，送上门来让你练功夫，如何？"胖阿姨笑容可掬："快请坐，我马上帮你剃。"戴先生坐上理发椅，顺手把帽子取下。这下，胖阿姨顿时面部肌肉抽筋："你……你是癞痢头？还是什么地方逃出来的？"戴先生哭笑不得，如实说明情况。

胖阿姨这才松了口气，应戴先生要求，为他剃了个大光头。戴先生连声道谢："辛苦了，需要付多少钱？"这下胖阿姨为难了："要命，应该收多少钱呢？少收不可以，多收犯错误，对，我去请示一下领导。"说完，她自顾自朝居委会走去。时间一分一秒过去，戴先生心急如焚。好不容易盼到胖阿姨奔回来，气喘吁吁地说："居委召开临时会议，专门研究你的剃头费，平时剃一个小孩头，收人民币五分，现在算你两个头，不，收你两个头的价钱，人民币一角。"此后，戴师母下决心学习理发技术，她买齐全套工具，在自己四个儿子头上练功夫。起初，每次拖儿子理发，孩子们都害怕得龇牙咧嘴，大哭小喊。到后来，戴师母练就一手过硬本领，成了全家人的专职女理发师。

戴先生曾经对我得意地说："我的夫人勤俭持家有功劳，我和儿子从不到剃头店剃头，光这项算起来，省下来的理发费，可以开家理发店啦。"我提建议："店名就叫'戴家样'吧。"

王汝刚

滑稽表演艺术家

《闲话上海》嘉宾主持

戴敦邦作品《风雨同伞》

戴敦邦与夫人沈嘉华

FEITONGXUNCHANG

闲　　话　　上　　海

非同寻常

用毛笔写生的丹青大师，酷爱看戏也爱搓“卫生麻将”

海上丹青大家，上海大学美术学院兼职教授，上海中国画院艺术顾问，上海美术家协会艺术顾问，上海书法家协会艺术顾问，西泠印社理事，第六届上海文学艺术终身成就奖获得者。

代表作：《天目山杜鹃》《红满枝头》等，曾获1956年上海青年美展一等奖、第一届全国美展二等奖等。

1923年2月生于云南昆明，祖籍河南南阳；

1950年，毕业于国立艺术专科学校，进入上海市文物管理委员会工作；

早年以山水为起点，20世纪50年代以后，专攻花鸟，画风秀美，格调含蓄；

90年代开始，着力探索细笔青绿山水，并大量吸收西画的技巧，开创了彩墨结合的中国画新风；

2020年6月26日，因病逝世，享年98岁。

【访谈对白】

用毛笔写生，一画就是一天

王汝刚：陈老师，您是画界的大家，我想问问，您几岁开始画画的？

陈佩秋：20多岁的时候，我在国立艺专念书，后从昆明来到重庆。在学校里，一拉警报，就要躲到坟场，头顶上经常有飞机飞来飞去。我们那时住在棚棚里，是用竹子搭的一个个小型的棚棚。所有去的这些教授，都不带家眷的，都是一个人。山坡上荒得很，天天要自己拿个热水瓶去取水，取水的地方都在山坡上。吃饭就是大家一起吃，两碗菜都是素菜，桌子边上坐的都是那里的学生。

王幸：在这样的条件下，您怎么画画呢？

陈佩秋：就随便去写写生。写生本很多很多，一个大抽屉里都是写生的小本，都是用毛笔画的。我们去西郊公园，去上海植物园，从早上一直画到晚上，一去就画整整一天，画各种花鸟、小动物。画山水都是出去画的，我还到杭州很多地方去画风景。

王汝刚：所以在大自然的生活当中，她吸取了很多养料。“文革”当中，我们中国画受到了破坏，等到邓小平重新出来之后，对中国传统文化非常重视，就邀请很多画家到北京去搞画展，请他们搞创作，这件事老太太记得很清楚。

陈佩秋：1977年，我们到北京去，之前那些红卫兵打砸十年，什么都打光了，每个机关单位，什么都没有，所以就叫我们去“补墙头”。就是画画，布置画。南京的、上海的、广东的画家都去了北京，去所有的机关单位“补墙头”，大大小小的“墙头”什么都有。画的大多是花鸟，没有人物，有很大幅的，也有小一点儿的。

陈佩秋年轻时

昆曲京剧我都喜欢，有戏就看看

王汝刚： 陈先生不但是书画大家，还是资深戏迷，京剧四大名旦的戏她都看过，昆曲名家梁谷音的戏，陈佩秋和谢稚柳夫妇每场必看，有时候还要买上几十张戏票送给亲友，对昆曲支持很大。

陈佩秋： 昆曲有戏就看，我喜欢看戏，京剧也喜欢看。看得多了，好的差的就看得出来了。

王汝刚： 陈先生对戏曲真的很支持，我记得几年前，梁谷音老师演《琵琶记》，叫我去客串角色，陈老师也来看的。所以陈老师对昆曲、对戏曲帮助很大的。

做老寿星，住云南就好了

王汝刚： 陈先生青少年时期是在昆明度过的，对昆明非常有感情。

陈佩秋： 云南最适合画画，风景、山水也好，真好。它那个气候，一年到头都是春天一样的，又不热，又不冷，不像外省一到了热天，都是热得不得了，云南就是四季如春。我一直到 90 多岁，每年的大热天还是会到昆明去避暑。但是你一年四季住在那里也不行，上海也有事，还是得回来。

王汝刚： 大家都想请教您做老寿星的秘诀！

陈佩秋： 做老寿星，你住在云南是最好的。

王汝刚： 您是云南的形象代言人。平时自己吃得多不多？

陈佩秋： 不多的，但是吃得都是还可以的，还是能吃一点儿的。

王汝刚： 您麻将打得好吗？

陈佩秋作品《翠竹双禽》

陈佩秋：打麻将？我打麻将确实赢的，跟谁打都是赢的。以前，晚上事情做完了打麻将，但也不赌钱的。上世纪 50 年代初我们到处走，晚上一吃好饭，好了，打麻将，打两个小时睡觉，第二天再干活，出去天天都是这样子。

王汝刚：陈先生介绍她的长寿秘诀，吃得并不多，要求并不是很高，平常思想比较放松，有空的时候打打“卫生麻将”，绝对是没有输赢的，没有输赢所以没有思想负担，每天两个小时麻将打下来，换换思想，所以她长寿。

【节选自《闲话上海·阿王拜年》访谈实录】

2020 年 1 月 26 日《新闻坊》栏目播出

陈佩秋作品《兰蝶图》

【名家往来】

非常大师寻常事

十几年前，我因为喜欢谢稚柳、陈佩秋两位先生的绘画作品，于是在各大拍卖行拍下了两位大师的不少作品。

后来，经朋友介绍，我带着这些作品前往陈佩秋先生家里请教。看完这些作品后，陈佩秋先生很高兴地说："很多老板带着我们俩的作品，让我分辨真伪，我看后，发现赝品很多。你的眼光不错，买到的都是真迹。"

之后，通过陈佩秋先生儿媳沐兰的牵线搭桥，我很荣幸地拜在了陈佩秋先生的门下，跟着她学习艺术品鉴赏。这样一来，我也就有了更多接近先生的机会。

有一次，我陪先生出席第六届上海文学艺术终身成就奖颁奖仪式，记得她的获奖感言是这么讲的："我取得了一点点成绩，就给了我这么高的荣誉，在这里，我最要感谢的是像母亲一样待我的城市——上海。"可见先生对上海的感情是很

陈佩秋与丈夫谢稚柳

深的，这也使她的画，带有明显的包容开放的海派文化特色。

先生是一位在艺术品市场叱咤风云的人物，但她从不以大师自居，而是谦逊有礼，乐于助人。平日里，她经常为龙华寺大慈公益基金会捐画、捐钱，帮困助学。

记得有一次，我和太太陪先生去浙江美术馆参加吴山明教授的画展，主办方为先生和陪同人员安排了最好的宾馆。入住后，先生提着放有现金的马甲袋来到前台说："这是我们这些人的住宿费，我们不需要主办方安排，一切开支由我来付，如果你们不肯收下，我们今天就打道回府，不参加活动了。"结果主办方只能收下。通过这些小事，我看到了先生的大气和风骨。

生活中，陈先生大气大度，善待他人；艺术上，她则巾帼不让须眉。她常问别人："如果拿着一张作品，把我的名字隐去，你们能不能看出，这张画是男画家画的还是女画家画的？"在她看来，艺术家只有水平高低的区别，没有男女之分，所以她非常排斥人们称她为"女画家"。

陈佩秋先生在艺术上崇尚谢赫的"六法"，她认为对艺术品的评价标准就是美和难，通俗点讲，美就是让人赏心悦目，难则表示，这种赏心悦目的程度是一般艺术家难以企及的。在我眼里，先生的作品就是美和难的化身，而在美和难的背后，则是她长年累月的艺术实践。

陈佩秋作品《长松亭子》

有一次，我拿着一幅陈佩秋先生在20世纪70年代画的《葡萄飞鸟图》，让她给我讲讲这幅画的创作经历。先生看到这幅画，好像又回到了当时画葡萄飞鸟的情境里。她回忆说："为了画葡萄，我带着写生本，在葡萄架下画了很多天。"说话间，她从房间里拿出一叠写生本，足有七八十张之多，每一张都是葡萄架下的写生。她说："别人写生是用铅笔，我是用毛笔的，毛笔太长携带不方便，我就截去一半带着去写生。"陈佩秋先生对待艺术的痴迷和用心可见一斑，而这也成就了她在画坛的地位。

除了自己作画，陈佩秋先生晚年还花了大量时间致力于国画的甄别工作。

93 岁高龄时，她不顾年事已高，对浙江大学出版社出版的 23 册《宋画全集》里 1000 多幅作品逐一甄别，并在每一幅作品上写下自己的心得和鉴定意见。要知道，这项工作对一个耄耋老人来说，体力心力付出之大，真的难以想象。

看到先生在《宋画全集》上密密麻麻几万字的注解，我不禁感叹：先生的成功，天赋固然重要，但光有天赋是不够的，是后天的刻苦、勤奋和自律，将陈佩秋先生的艺术推到了一个新的高度。

郭慰众

上海市鹤龙美术馆馆长

陈佩秋创作中

陈佩秋与郭慰众

他是“鲁庵印泥”的继承人，也是重情重义的“老克勒”

书法家、金石篆刻家、印泥制作大师，第二批国家级非物质文化遗产项目印泥制作技艺（上海鲁庵印泥）代表性传承人。曾任中国书协会员、西泠印社名誉副社长、上海市书协顾问、上海市文史研究馆馆员、上海民建书画院院长、棠柏印社社长。

1921 年出生于浙江鄞县，幼承家学，书法得到父亲亲授，20 岁时获海上名家赵叔孺、王福庵指导；

曾受教于鲁庵印泥创始人张鲁庵先生；

经过高式熊先生多年奔走呼吁，鲁庵印泥被上海市政府批准为“上海市非物质文化遗产”，并报送“国家级非物质文化遗产”；

2019 年 1 月 25 日，因病逝世，享年 98 岁。

闲　话　上　海

【访谈对白】

我的老师是爸爸

王汝刚：您字写得这么好，以前是跟谁学习的？

高式熊：我跟爸爸学的，那时候他是清朝的进士，第 47 名翰林。几百个人，3 年选出来的，不得了的事情。

王汝刚：那么您的启蒙老师就是您的父亲。

高式熊：我从懂事开始，从 7 岁上下，一直跟在我父亲身边。我没有进过学校，我没有文凭的。

王汝刚：您现在再回想您父亲，当时对您的教育是什么样的？

高式熊：我自己回顾一下，可以说，我父亲培养我，就像中状元的模式。你想，那时候，就是学四书五经，还有《三字经》《千字文》《唐诗三百首》，每天背，不但背，还要作文章，每个月出一篇题目作文章。题目呢，都是有关读书的东西。

王汝刚：我羡慕您有一个好的爸爸，现在不是说拼爹吗？现在的拼爹没有什么意思的，就拼你爸的钱多。您这个好，您这个爸独一无二，这样的爸是少见的，现在不太能够拼到！您有这么好的学问，是父亲教出来的。那么写字呢？

高式熊：我 7 岁以后，就被规定每天写张大楷。一天一张楷书、一张篆书，这个是规定的。《说文解字》我临摹过 4 遍，封建的东西要改的，但好的东西我不改。创新，是老的东西再进一步，自己瞎想想出来的不叫创新，是“野狐禅”（胡来了）。

高老的保养秘诀

王汝刚：高老在文化界口碑相当好，真是“德艺双馨”的文化大家。他的字不知道写了多少，但是他从来不说经济的问题。早年他身体健壮的时候，到码头去，到厂里去，到农村去，只要文联组织活动请到他，分文不取，跟着就跑，而且工人阶级和他的关系非常好，没有一点儿架子。

裔莎：高老有什么保养的秘诀吗？

高式熊：我这么大的碗，大概吃半碗粥。

王汝刚：早上吗？

高式熊：对，早上。还有呢，有的时候蛋炒饭也吃。

王汝刚：酒会喝吗？

高式熊：酒不会喝，不喝的，没有酒量，喝了像红皮老鼠一样。

王汝刚：你是宁波人，黄酒会喝吗？

高式熊：黄酒会喝的，我大概可以喝 3 毫升，再多就变成红皮老鼠。

王汝刚：3 毫升，你当是咳嗽药水吗？

高式熊：为什么身体好，笑出来的，这个比药好。

王汝刚：“笑比吃药好”这句对的。多笑笑，现在生活好了要多笑笑。我很开心，您今年 98 岁了。

高式熊：虚岁 98 岁。

王汝刚：看上去像 18 岁，所以我们称您是“90 后”。

高式熊：比你小，我要叫你阿哥。

王汝刚：哎哟哟，叫我阿哥。我觉得您身体这么好，反应又这么敏捷，真的是很好的事情。

我也对得起朋友了

王汝刚：请谈谈您怎么会交出印泥这个宝贝来的？

高式熊：赵叔孺，上海赫赫有名的画家，是我的同乡，他有一个学生姓张，叫张咀英，别号鲁庵。1941 年 3 月份，张先生自报家门，说我是张咀英，赵先生叫我送来一本印谱，原拓本，两本。这本东西呱呱叫，就是张先生做的。就这样我们相识了。这是第一次见面，见面后他说，隔天你到我家里来一次。那么我去了，我当时只是一个中学生，他又和我说，你喜欢刻图章，印谱这么贵，我的印谱就是你的！

王汝刚：这派头大。

高式熊：派头非常大，他说你先到我家里来看看。他家里满房间都是印谱，有多少我也不知道。他说，你需要的所有资料我供应（后来这些东西在张先生过世之后捐给了西泠印社，总算点数了，有 400 多件）。这个时候我知道张鲁庵这个人会做印泥，和他接触多了，他印泥也送给我。我到他的家里跟他学，看他做，从油做起，一直到碾朱砂，全套过程我都做过，这就叫鲁庵印泥。这时候传说，他已经比较厉害了，画家吴湖帆、张大千都是用他做的印泥。印泥要好，第一要细，第二要颜色不变。后来我和他“谈判”，我说如果你死了，印泥也就没有了，所以印泥应该公开。他说公开我交给谁呀？我说交给我呀，你肯吗？他说不是不肯，只要有人重视。他是很坦白的，他不做生意的。上海各个机构我去找了，我和书法协会都去说过，书法协会说好好好，这个印泥是好的，大家一说就知道。博物馆也说过，好好好。但是要做呀，没人做。

王汝刚：没人落实。

斎莎：那么最后怎么捐出去了？

高式熊：我一张方子藏起来，这张方子是我的责任，方子放着。正好碰到静安区说起有非遗，我说我有这样的东西，这也是非遗之一，这样就一拍即合，送到北京去，申遗成功了。当时非遗的单位，就说我是鲁庵印泥的继承人。现在鲁庵印泥出来了，而且得到了重视，我已经跑了几年，他（张鲁庵）是 1962 年过世的，现在总算成功了，我也对得起朋友了。

【节选自《闲话上海·阿王拜年》访谈实录】

2018 年 2 月 19 日《新闻坊》栏目播出

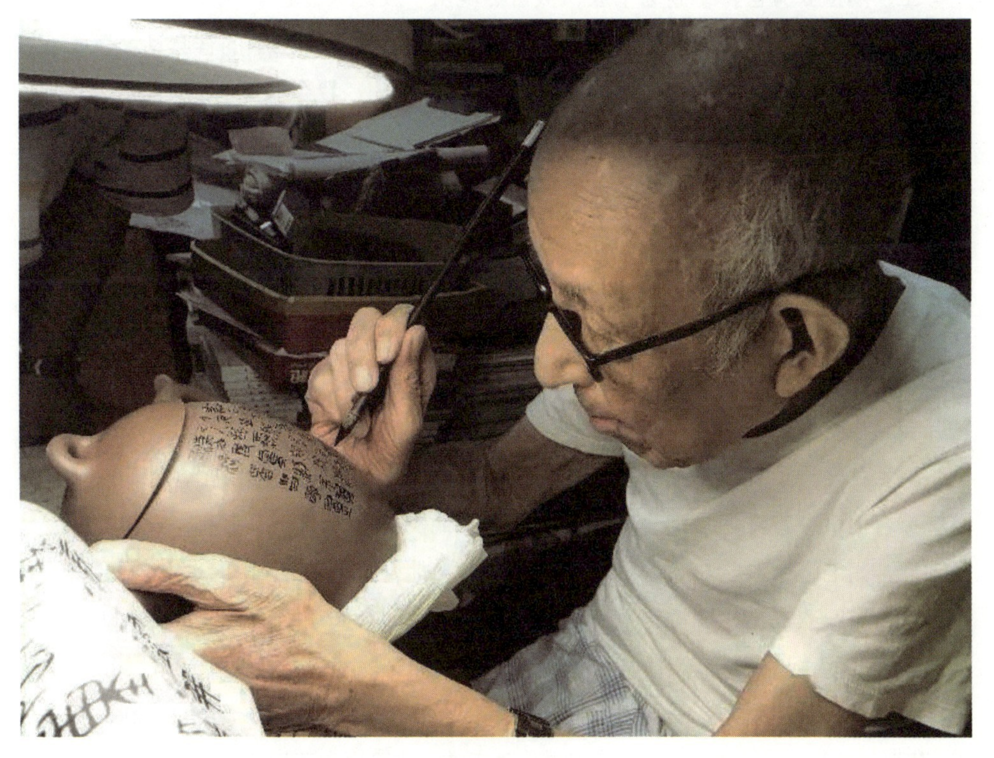

高式熊创作中

有情有义会白相的“老克勒”

按照约定的时间，我们敲开了高老的家门。进门时，高老正坐在轮椅上，见到摄制组，他用石骨挺硬的宁波话跟大家打起了招呼。

王汝刚擅长方言，见到老宁波，很自然地用宁波话跟高老攀谈起来。

他们两个人很熟，所以聊起来无拘无束，也不用讲虚头巴脑的客套话。王汝刚祝高老长命百岁。高老半开玩笑半当真地提醒说：“我今年 97 岁了，距离百岁只有 3 年。”说完哈哈大笑。

高老说这番话的神情，就像一个经历过几番生死的人。我想，生死在他看来，大概就像上车下车那么平常。

长得像外国人的高老，其实是个地地道道的上海“老克勒”。不要以为拎只鸟笼，穿套老派西装，再戴一副金丝边眼镜，嘴巴里再能蹦出几句分尖团音的上海话，就是上海“老克勒”了，非也。“老克勒”三个字，在上海人看来，是一种腔调，也是一种生活态度。

高老就是一个有“老克勒”腔调和生活态度的人。高老很会白相，他有一把夏威夷吉他，并曾专门拜师学习，据说他弹吉他的水平跟专业人士有得一拼。除了吉他，高老还喜欢吹口琴，20 世纪 60 年代，他曾加入和平口琴会。口琴会排节目，高老既吹口琴，又拉电风琴，还弹电吉他，一个人几乎承包了半支乐队。

除了乐器，高老还喜欢摆弄音响设备，爱好摄影器材，并擅长拍照。

高老讲，他人生的第一台照相机，还是少年时母亲给他买的，照相机的牌子，叫“蔡司伊康”。后来这台相机被人借走，再后来，就再也找不回来了。在 60 年代，高式熊每个月工资不过 100 来元，却舍得花 80 多元买一台上海牌 581 型照相机。

见识多了，白相惯了，高老身上自然就有一种大气、大方、大度的腔调，这大概就是“腹有诗书气自华”吧。

听高老讲话，没有一惊一乍，从来不紧不慢；看高老表情，没有大惊小怪，从来不悲不喜。他说再大的事，都一副云淡风轻的派头。说他看破红尘可能不太恰当，但说他参透了人生的苦乐悲喜，那是一点儿都没有夸张的。

历经百年沧桑变迁，高老早将繁复世事看成烟花，绽放时不喜，散尽时不悲。老人有情有义，老友张鲁庵一句托付，他藏在心里半个多世纪，终使“鲁庵印泥”申遗成功，并使之走出私宅成为大家的“文房第五宝”。拍摄结束后，我夸他耳聪目明，脸上连块老人斑都没有。他戏说自己妆化得好，谐称他的妆别人是画不出的。高老说：“心里肮脏的人，用再好的化妆品，脸上也不会干净。脸上没斑，是因为心里干净！”

吴迪

《闲话上海》编导

高式熊创作中

女性的漂亮是一种神韵，美人在骨不在皮

昆曲表演艺术家，国家一级演员，工旦角，第二批国家级非物质文化遗产项目昆曲代表性传承人。

1942 年 4 月出生于浙江新昌；
1954 年，考入华东戏曲研究院昆剧演员训练班（昆大班），师承沈传芷、张传芳、朱传茗等名家；
1961 年，加入上海青年京昆剧团；
1973 年，调至浙江省京剧团工作；
1978 年，上海昆剧团成立，由浙江调回上海，加盟“上昆”；
1985 年，获第三届中国戏剧梅花奖；
1987 年，创排大戏《潘金莲》，该剧由上海艺术研究所摄制成戏曲电视剧，获全国戏曲片二等奖；
1989 年，凭借主演的《潘金莲》获首届上海白玉兰戏剧表演艺术奖主角奖；
1995 年，凭借新编《牡丹亭》再度获上海白玉兰戏剧表演艺术奖主角奖。

音

LIANG
GUYIN

海上有大家
HAISHANG
YOU DAJIA

【访谈对白】

我不要演潘金莲这种坏女人

王幸：梁老师您当年为什么会选择昆曲？

梁谷音：说起来蛮实在的，我选择昆曲就是为了减轻家里负担。因为父亲去世了，妈妈要养 6 个小孩，蛮困难的，最后她只留了一个最大的姐姐，一个最小的弟弟，中间 4 个打算全部送掉。我总算没送，进了尼姑庵。尼姑庵解散之后，我没地方去。正巧碰到戏曲学校招生，一个亲戚就告诉我妈，你女儿正好小学毕业，来考吧。因为我在尼姑庵里长期吃素，人比较矮，但学校的老师说我嗓子好，还说我有一副会说话的眼睛。于是，我和岳美缇两个人成了备取生，那时候报名人数 4888 个，录取 60 个。基本上我们的“昆大班”学员，不是家里危苦，就是“地富反坏右”的子女，还有就是考不上中学的。

王汝刚：梁老师的代表作很多，《潘金莲》就是重要的一部，首次演出的时候听说您只有 14 岁?

梁谷音：真正演潘金莲，其中“戏叔别兄”这一段我是 14 岁就演了。他们说叫这小姑娘演，我说我不要演“坏女人”，心里肯定有抵触的。他们说花旦组就你眼睛里还有这种东西，你演。也没有人教的，就是华传浩老师给我走走，就演了。娄际成说，这个孩子天生一个潘金莲的“胚子”。我气死了，心里不舒服。结果从此以后，这种角色就跟我结下不解之缘了。1956 年演过之后就没再演，一直到 1987 年再重新拿出来演，是因为魏明伦。魏明伦 1986 年凭《潘金莲》红遍大江南北，当时是川剧。魏明伦说可不可以叫梁谷音来演这个戏，他觉得我是最佳候选人。那时候就在瑞金路那个剧场，他在大门口等我。他说，梁谷音，怎么样? 我说我不演你这个戏路，你这个是魏明伦在说戏，我不演。他是让潘金莲站在当中，旁边施耐庵出来解说一番，曹雪芹出来解说一番，安娜・卡列妮娜出来解说一番。每个人从自己的角度来认识这个角色。他也聪明，因为这个角色是蛮难统一的，最有争议的。我说这个剧本，人家只记得魏明伦，忘记潘金莲了，我要人家记住潘金莲，所以 1987 年我就重排《潘金莲》了。我受到他的启发，按照昆曲的传统略加修整。导演是杨村彬，他是名导，和黄佐临“平起平坐”。杨村彬非常尊重传统，他说他是不会来排戏的，他不懂“手眼身法步”，只是希望这个戏不要复杂的布景灯光，《金瓶梅》的图画就是背景。大导演真的是大导演，开幕之后观众不知道在看什么戏，等唱了以后才知道这不是越剧，是沪剧。他这个设计，一打开就知道是古老的剧种。

王汝刚：怎么把“坏女人”演得这么好，我们看着，都是女人，怎么界定她是“坏女人”还是“好女人”，您心里有没有体会?

王幸：而且怎么把“坏女人”演得让观众又喜欢又恨呢?

梁谷音：其实演“坏女人”，凭良心说我也蛮反感的，一个人怎么会喜欢“坏女人”? 当时我们班里漂亮的人太多了，我比不上。我们这个行当，闺门旦是昆曲的主梁。像我花旦是配梁，戏不多。闺门旦有华文漪、张洵澎，我挤不进去了。怎么办? 只好出旁枝了，出旁枝就演“坏女人”，这种戏她们不要演的。她们联合起来，在笛孔里面放粉笔灰，只要老师一吹笛子，粉笔灰就扑了老师一脸，主教老师是王传蕖，专门教正旦。

王幸：这样她们就可以不要演了?

梁谷音：不要演。结果这个戏就是我的恩师沈传芷老师说服我来演的。他是蔡正仁、岳美缇的老师，原来是唱正旦的。他说：“梁谷音你来学吧，实在是好戏，你不学可惜了。”因为我不是正旦组，是花旦组，所以只能晚自习学，就这样学会了我的毕业大戏。演红了，那些不演的人懊悔不已。

梁谷音排练中

好角色没有模板，演得好，你就是模板

王幸：看来，演员不要去挑角色。

梁谷音：因为我想演好女人、漂亮的女人、高贵的女人，这些全部都被华文漪演了，我想我只好另辟蹊径了。就是老师没有演过的，但是确实是有色彩的戏，

就像《潘金莲》《蝴蝶梦》这种戏我来演，这种戏反而给你“好处”。

王幸：没有一个固定的模板。

梁谷音：对，没有模板。你演得好，就是你梁谷音的。

王汝刚：梁谷音塑造角色本事大，有一次我有幸和她合作《琵琶行》。

梁谷音：就是白居易的《琵琶行》，王老师演茶商的。

王汝刚：这次合作对于我是一个学习的机会，我觉得《琵琶行》里，她给我的印象很深，演得真好，把古代舞女塑造得很完美。这是一个好女人，好女人她也是会演的。后来我有一次机会，戏不多的，又是和她一起合作，但是跨界了，哪一部戏呢？是话剧《霓虹灯下的哨兵》。

梁谷音：我演童大妈。

王汝刚：童大妈，就是上海一个普通的劳动妇女。一打扮一出来清清爽爽，她还没有开口我就服了，这就是上海老太太。

《借茶》剧照

美人在骨不在皮

王汝刚：梁老师您说过一句话，说“美人在骨不在皮”，对吗？就是说女性的漂亮，实际上是一种神韵，昆曲实际上也讲究神韵。

梁谷音：昆曲其实是一个综合性的东西，它“唱”比不了京剧，它“舞”，但它不能乱歌乱舞的，必须要服从这个人物的唱腔，尤其是文本。因为昆曲最站得住的是文本，一切唱腔、表演、演员全部要为文本服务，要够得上这个文本。怎么够得上汤显祖《牡丹亭》的这种唱词呢？那你要去追求的就是文本的“韵”。

王汝刚：梁老师您现在还做些什么，还在教学生吗？

梁谷音：现在主要是教学了，主要是教“上昆”，还有7个昆剧团都去教。很多戏也不适合我们这个年龄演了，像《思凡》《闹学》，都要小年轻去演了。

【节选自《闲话上海·阿王拜年》访谈实录】

2021年2月13日《新闻坊》栏目播出

【记得一二】

红尘有爱，人间有情（节选）

《活捉》剧照

说起谷音的“忠实粉丝”，首推当代园林学家、著名作家陈从周。陈从周是蜚声国际的大学者，毕生任教于同济大学。早在谷音学艺期间，与俞振飞、言慧珠等老师私交甚笃的陈老就关注起了灵气十足的梁谷音。他自诩“昆曲保皇党”，不仅在招考研究生时要求学生唱昆曲，就连平时带教的本科生，倘若不会唱昆曲，他居然就不给及格，理由掷地有声：“学园林设计的怎能不会昆曲？”

虽然他与梁谷音相识很晚，但几次见面就成了莫逆之交，也促成一段文坛、梨园佳话。陈从周自言是梁谷音演唱艺术的知音，他对梁谷音表演中的身段、唱腔等艺术造诣赞赏得无以复加，甚至声称在写作、绘画以及设计的时候，若没有梁谷音的录音听，脑子就仿佛石头一样。在陈从周看来，东方艺术是慢节奏的，而这慢节奏对文化人有着微妙的影响与启迪作用。梁谷音则谦虚地称他为师兄，因为陈从周向沈传芷学习昆曲比梁谷音早得多。1988 年，梁谷音获得中国戏剧梅花奖，陈从周甚至比谷音本人还高兴，特意以“画梁软语，梅谷清音”八字相赠，并刻在一块端州产的梅花砚上，赠予谷音，又撰写了文章予以鼓励。

晚年，陈从周在丧妻失子的创痛中，受命主持上海豫园东部的重建。他花费两年时间，从设计到施工如同导演般一一过问，倾注了大量的心血。豫园“谷音涧”的取名，也与昆曲有关。某天，梁谷音与陈从周正在涧前品评，梁谷音忽然引喉一唱，嫣然一笑，陈从周顿如佛家悟道，这假山的“芳名”就出来了。众人对“谷音涧”的取名无不称妙，又公推陈从周将这三个字刻在涧边石上，这一幕有戏剧性的巧遇与奇缘成就了豫园一个重要的风景点，也成了谷音与陈老友情的见证。为此，陈老还特别赋诗一首：有诗有画更添情，脉脉山泉出谷音。莫说老来清味减，名园犹作费心人。

在梁谷音家的客厅，有三幅水墨画格外引人注目。其中两幅为著名画家谢稚柳、陈佩秋所送，另外一幅是上海中国画院院长程十发所赠《泼水》中梁谷音的崔氏造像，堪称十发大师的得意之作。该画曾在法国"现代中国画展"中展出并获大奖，之后就交由梁谷音亲自珍藏。除了《泼水》，梁谷音演的《痴梦》也常常飞入大师画笔，程十发曾评赞梁谷音舞台上的一颦一笑，都翩翩入画。

还有《思凡下山》一折，也多次引起程十发的画思，巧笔入画：僧尼分手之后，小尼姑闪入土地祠内，伪装睡觉，以待和尚。其时，梁谷音右手支颊，上身稍斜，面向左侧，双目似闭非闭，脸上似笑非笑，深情而俏皮——程十发就是把这个沉缅于爱情憧憬中的小尼姑的幸福的"一刹那"挪入画幅，成了一幅绝妙的《小尼思春图》，相赠谷音。

除了赠画，程十发还与儿子程多多组织了"多多曲会"，每周末活动一次，地点就在程家，梁谷音与计镇华、蔡正仁、岳美缇等，均是曲会座上常客，拍曲聊戏，谈画论艺，听博学睿智复又聪明幽默的程大师侃侃而谈，也是梁谷音莫大的艺术享受……与程十发一样，以擅画人物，尤其精于仕女画而闻名的海派大家刘旦宅、戴敦邦也是梁谷音的戏迷，不仅多次观赏其表演，更作画相赠。在他们眼中，梁谷音的舞台艺术正是自己创作仕女画最好的蓝本与素材。

梁谷音与大画家谢稚柳陈佩秋夫妇的缘分更深。两位画家爱看昆曲，早在梁谷音十几岁时就开始迷她的戏，但却无从谋面。直到1978年，通过刘异龙作为"中介"才正式相识。见面伊始，画家夫妇的热情还着实吓了谷音一跳。特别是陈佩秋，她是闻名遐迩的大画家，也是众所周知的"暴脾气"，可为了疼爱梁谷音，她放弃画画赚钱的机会，亲自登上梁谷音家的小阁楼，用录音机帮她恢复唱功，有时两人出门坐公交，年长的陈佩秋还会为梁谷音"抢座位"，引起周围人的好奇与不解……梁谷音回忆，那时她常住画家家中，谢伯伯与陈老师不仅欢迎之至，三餐饮食还精心安排，总是给谷音吃最好的，保证营养。每逢演出，梁谷音总先排给他们看，得到指点与认可后才在团里演。而自己所有的演出，画家夫妇不仅几乎场场不落，往往还要买上几十张戏票送亲友，还在《艺术世界》撰文，称赞"梁谷音的戏是千百张仕女图"。以山水、花鸟见长的陈佩秋很少画人物，但特意花了好几天时间，认真绘制了梁谷音在《思凡》里的小尼姑造型，情态逼真，饶有韵味，谢稚柳则在画上题字，赠予谷音留念。

梁谷音从小家境不好，成名后还要时时赡养母亲及帮衬弟妹，两位画家得知后，常常施以援手，有时还会拿出自己的书画作品相赠，希望能帮助谷音。有人建议谷音，既然与画家夫妇那么好，何不拜在门下，学习书画？可陈佩秋闻言却不以为然："我画画，梁谷音唱戏，我们是同等的。只是现在我的收入高一些，并不代表梁谷音就比我差。谷音的使命就是唱好戏，而我就是要画好画，没什么师生之说、高低之别！"尊重、欣赏、赞美，是梁谷音的知音们给予她最大的温暖与支持。除了书画家、园林学家，诸如名作家曹禺、白先勇，大学者章培恒、余秋雨、郑培凯、华玮、曾永义、洪惟助，中国台湾政要蒋纬国，国际友人贝聿铭、尾崎宏次、山田五十铃、坂东玉三郎等，都是梁谷音毕生难忘的至交，人生何似百篇诗，而友情，无疑是这组诗歌中最美的篇章。

面对昆曲的昨天、今天与明天，梁谷音走得坚定，却也不乏艰辛，她想停下来休息，可双腿却情不自禁还在走，停不下，停不下。昆曲未被人理解，更未在人群中普及，接班人尚在襁褓之中，需要自己的哺乳。她知道，自己现在没有理由停下，再坚持几个春秋、几个冬夏，待到那白云高山深处，也已山花烂漫，她才能去躺在那花丛中，静静地、悄悄地，闻那声声燕语明如剪，听那呖呖莺歌溜的圆……

王悦阳
《新民周刊》记者
上海作家协会会员

《思凡》剧照　　梁谷音艺术照

删繁就简，领异标新，甘做评弹“老黄牛”

评弹表演艺术家，国家一级演员，第二批国家级非物质文化遗产项目苏州评弹（苏州评话、苏州弹词）代表性传承人。

代表作：中篇《红梅赞》《青春之歌》《战地之花》《春草闯宣》《三斩杨虎》等。

1936 年出生于江苏常熟；
1950 年，师从周云瑞习艺；
1951 年，与饶一尘拼档说唱《珍珠塔》《秦香莲》《陈圆圆》等；
20 世纪 50 年代，与评弹界青年演员一起尝试谱唱毛泽东诗词，其创作的《蝶恋花・答李淑一》影响很大；
1959 年，加入上海长征评弹团，将小说《青春之歌》改编为同名弹词，与石文磊拼档演出；
1960 年，加入上海市人民评弹团（今上海评弹团）；
2022 年，获中国文联“终身成就曲艺艺术家”称号。

【访谈对白】

革命加拼命，我要把这些时间拉回来

王汝刚：评弹有支曲子，大家一听就知道了。根据毛主席诗词谱曲：我失骄杨君失柳。《蝶恋花》，这个谱曲的作者就是赵开生先生。

赵开生：我一生的艺术道路还比较顺利，我和饶一尘拼双档，我和他是同年、同学、同班，那时候确实是，现在说起来叫粉丝，粉丝有许多。第一个场子叫华园，华园赶到静园，就是后来的大都会。后面的三轮车、自行车一大片，那时候是卖“小”、卖“生”，上海人是喜欢尝新鲜的。

王汝刚：“生”就是所谓新鲜，“小”就是年轻。现在说起来你们两个是“小鲜肉”。

赵开生：现在变“臭咸肉”了。

王幸：说起赵老师是常熟人。常熟人听唱评弹，是不是有传统？

赵开生：常熟是个书码头，听书人特别多，“老耳朵”特别多，书场特别多。我 14 岁开始学的。

王汝刚：那么您 14 岁之前还能够说说常熟话，要扳到苏州话也可以扳过来吗？蛮累的。以前您的先生是谁？

赵开生：是周云瑞，大艺术家。因为我们家里条件不好，拜师酒也没请，而且拜师金也没出，我先生不在乎这一点。所以我先生临终之前，我一次次去看他，有一次还和我讲起这件事。他说：“你来拜师，我不收你拜师金，我觉得你是一块材料，但是你现在的成就和影响，和我的期望距离太远了。”这一句话给我一种动力。打倒“四人帮”以后，我确实是革命加拼命，我要把这些时间拉回来。

才子写的《珍珠塔》，我尽力把它“大改”

王汝刚：实际上那时候赵开生老师已经做出了很多成绩，特别是为毛泽东同志《蝶恋花》谱曲，在整个曲艺界影响相当之大，这是谁交给您的任务？

赵开生：没有人交给我任务，那时候兴起一个“技术革新”“技术革命”的高潮。我正巧在一本册子上看到这一首诗。我说我来唱毛主席诗词，因为我们说书，唱词有规律的，三字句、五字句、七字句。但是毛主席的这个词有长短句的“杨柳轻飏直上重霄九”是九个字，这怎么唱，对我是一个挑战。评弹怎么可以跳出自己的框框？因为我对诗词的理解不够，我去配，越配越不对，越唱越不像，唱得我没有信心。于是我去请教，让人家讲给我听，杨开慧是怎么回事，柳直荀是怎么回事？我对英雄烈士有了感情以后，也有了情绪，先开始朗诵“我失骄杨君失柳”。我从朗诵的角度寻找这些情绪，再去配唱腔，不管是什么流派、什么曲调，反正需要我就用，就是这样谱出来的。这方面我尝到了甜头，我对《珍珠塔》的唱法，也有了新的想法。这么多的“唱”，怎么唱？从前的“唱”，我只知道我做下手唱“薛调”，只要唱得像薛筱卿就可以了；我上去唱“沈调”、唱我先生周云瑞的调，唱得像就可以了。现在我对诗情诗理理解以后，我整个人沉浸下去了，我觉得光有这些不够用。我要唱人物、唱情绪，不是唱这个流派，不是唱某一个人，只见演员，不见“方卿见娘”，不见方太太，只见周云瑞，不行的。所以对《珍珠塔》，我说“说噱弹唱演”，在这几方面我自己进行加工。我能够出这本书，能够整理《珍珠塔》，有两个方面的动力。

王汝刚：哪两个方面？

赵开生：一方面是我先生对我说，我和他的期望距离太大，我要缩短距离；另一个方面就是老首长要求对《珍珠塔》进行整理。他先听了我 15 回单档《珍珠塔》，送给我一个条幅：删繁就简三秋树，领异标新二月花。当时他问我：“知道这是谁的话吗？”我说：“知道，是郑板桥的。”他说：“对，我今天送给你是什么意思？”我说：“我也知道，你要我推陈出新。”

王汝刚：长江后浪推前浪。

赵开生：他说：“《珍珠塔》有问题，你也知道，对吗？你敢改吗？我希望你能改，而且是大改。”我说：“这是才子写的，秀才改的，我只读了小学五年级，怎么改呢？”他看我有畏难情绪，当场站起来，写下一个条幅：横眉冷对千夫指，俯首甘为孺子牛。鲁迅的。他说："你是否宁愿做评弹的'老黄牛'？"在这样的情况下，我作为一个评弹演员，没有任何理由再推了。我说："我尽力吧。"首长说："我相信你。"

书里没的，电影里没的，评弹里要发展

王汝刚： 把《青春之歌》这样的小说搬上书坛，是谁想出来的?

赵开生： 我。当时我和石文磊拼双档没书说，她不喜欢说《珍珠塔》，我正好在看《青春之歌》，我说那么我们说《青春之歌》，她说好的。石文磊有一些学生的气质，这一点真的不容易。说《青春之歌》的时候，老首长还提出来一个要求：书里没的，电影里没的，你要发展，你要有；电影里有的，书上有的，你不一定要有。

王幸： 怎么才可以做到电影没有，书里没有，我们评弹有呢?

赵开生： 你比方说，夫妻决裂，电影里面有两个镜头。林道静把杯子往桌上一放，接下来说："我们彼此年轻，分开吧。"接下来一个镜头就是拎个箱子出胡同，就分开了。小说里面只有一页半，两个人，分手了。我说书，我要说 50 分钟，这 50 分钟我要挖余永泽的心情、挖林道静的心情，余永泽提出的一些问题，你怎么回答："我救过你性命的，我给你吃、给你住的。"对不对? 林道静一桩桩驳掉他。

"耳聋眼花不灵敏"，我把经验留给青年演员

赵开生： 最近家里都在打包，干什么呢? 要搬家，我现在在装箱，是自己要理一遍，有些书我送给了年轻演员。我现在眼睛不灵，耳朵也不好，已经是像《宝玉夜探》里面有一句唱词"耳聋眼花不灵敏"。这些书在他们的身上还可以发挥作用，所以我都送给他们。

王汝刚： 这倒也是对的，把您表演的经验、技巧，传授给年轻一代，让艺术代代相传。而且还有一点，您的噱头好得不得了，是出噱头大王。

赵开生：你上次报幕，我想放一个噱头，但是话没有选好，我上台的时候没敢说。

王汝刚：那么您今天再说说看。

赵开生：你在台上讲："最近赵老师眼睛开过了，眼睛现在叫'闪闪发光'，身边的皮夹子都看得见。"是不是有这样一段话？本来我上去，我要去放个噱头的："这位主席王汝刚，你不要看这个人活络，其实老实得来。这件事他让我别对外公开：他照顾我，因为退休工资没有多少，说带我去做别的生意吧，这是无本钱生意。我说我不会，他说我教你，先要练眼睛，接下来要练动手，现在眼睛没有练好，动手我王汝刚来。所以我跟王汝刚两个人出来玩的时候，老听客你们躲远点。"

王幸：你敢看，他就敢动手。

王汝刚：噱！一个是"老贼"，一个是"小贼"，其实我也是"老贼"了。谢谢，谢谢！

【节选自《闲话上海·阿王拜年》访谈实录】
2020年1月27日《新闻坊》栏目播出

赵开生、石文磊演出中篇评弹《青春之歌》

精益求精，孜孜不倦
——随赵开生先生学艺之心得

很多不熟悉评弹的人士，只要提及评弹就都会说起《蝶恋花·答李淑一》这首曲子。这首根据毛主席诗词改编的，红遍大江南北的评弹音乐作品的作曲者就是我的老师赵开生。创作这首作品时，他才24岁，他也是全国第一个谱唱毛主席诗词的文艺工作者。赵开生老师和他的同乡饶一尘老师（也是我的业师）年少拼档，18岁来到上海演出即一炮走红，1960年进入上海评弹团之后，在传统领域和革新创造方面，都体现了不凡的功力和造诣。

我1987年9月考入上海戏校后，开蒙教授我们的就是赵开生老师，一首经典的《宫怨》带我们走进了评弹演唱的绝妙境界，他深入浅出、精致入微、不厌其烦的教学方式，为我们打下了扎实的基本功。有不少名家能演擅唱，但是却不擅教学，赵先生非但是著名的艺术家，也是优秀的教育家。

20世纪90年代初，我有幸跟随他学习长篇弹词《珍珠塔》，这部书是评弹的骨子老书，历经数代艺人打磨，成为了流派纷呈、名家辈出的佳作。赵先生继承其师周云瑞的衣钵，在创新发展中又不断有新的建树和创造。在跟随老师学习、合作演出和电视录像的过程中，我深深感受到他对艺术的执着追求和精益求精的严谨态度。

赵老师一直自嘲自己在生活上是个十足的“马大哈”，的确，和他一起出码头的生活是有趣的，有时也是无奈的……炉子上烧着东西，因为我在排书，险些儿酿成火灾；因为在琢磨唱腔，他会把自己的钥匙塞到衣柜里别人的口袋里；跟着他坐长途车去农村演出，车上讲书讲得起劲，中途忘了下车，坐到了终点站，场方只能开着小三轮来接。在乡镇码头上，晚上演出完来一碗热腾腾的泡饭和一小碟油氽果肉加肉松是他最大的享受。他煮泡饭还有个诀窍，用他的话讲就是一定要“笃”得米粒伸腰，口感才好。生活上一点儿都不讲究的老师对于演出的每一个细节却丝毫不马虎，讲究到甚至于苛求的地步。当时在书场说长篇，每天

赵开生与高博文舞台照

的正书时间大概在1小时40分钟左右。赵老师跟我排书不是一般地对搭口、接钩子，而是先把内容捋一遍后，即进入他所说的“拆书”环节。他要把整回书的内容、氛围，出场人物的内心活动分析以及噱头的安排、唱段的设置都详细地讲解给我听，往往一排就是三四个小时。因为说书全凭一张嘴，有时候人物一多、场景一多就容易混甚至于乱，但是再复杂的内容和人物关系到了他嘴里都“煞辣清”，甚至于他给我排书时，还要把人物具体方位演示给我看，这样我起角色时，眼神和方向就不会错。有一次在苏州电视台录像，晚上排完第二天要录的书，他说得兴起，一下子说到了凌晨三点，不打住真的要说到天亮了。那时我很年轻，有些贪玩，只要赵老师找我排书，心里总有点儿抵触，想想一排又是好几小时，玩的时间就少了。但是到了今天，我自己也为人师了，我在教学、带青年上台时，时时会想起他当时对我的教诲，因为他教得深、悟得透，所以我受用一生，也惠及了新一代的后生们。

赵老师即将90岁了，为评弹事业的一颗心始终保留着奋斗的状态，继《珍珠塔》演出本和他的自传出版以后，他又在整理写作《文徵明》演出本，目前也已完稿。他住院时我去看他，他说：“我这个人烟酒不沾、赌博不会，陪伴终身的就是评弹，有时凌晨三四点醒来睡不着了，我就默书，想想哪里还需要改进还需要增删。”前年建团70周年，他带领我的两个学生，祖孙三人合作了一段经典的《方卿见娘》，真可谓宝刀不老，让人折服。我想他长寿快乐的秘诀就在于他信念坚定、初心不改。祝愿老师身体健康、艺术常青！

高博文
上海曲艺家协会副主席
上海评弹团团长 国家一级演员

“出程入化”《春闺梦》，夫唱妇随传佳话

京剧表演艺术家，国家一级演员，第五批国家级非物质文化遗产项目京剧代表性传承人。“程派”青衣，第二代“程派”私淑弟子中的佼佼者。

1929 年出生于湖北武汉，9 岁学戏，先后拜醉丽君、徐碧云为师，后蒙程砚秋先生琴师周长华教授其“程派”唱腔；

1948 年，与妹妹李薇华组“蔷薇剧团”多地演出，引起轰动；

1953 年，加入武汉市京剧团，后在南京与李薇华分别演出《荒山泪》《香罗带》《女起解》《三堂会审》《红娘》《拾玉镯》等；

1980 年，与京昆艺术大师俞振飞结为连理，之后进入上海戏曲学校执教；

1989 年，和俞振飞共同录制“程派”代表作《春闺梦》；

2011 年，在俞振飞诞辰 109 周年纪念演出中高龄登台，再次演绎《春闺梦》；

2022 年 5 月 12 日，因病逝世，享年 93 岁。

【访谈对白】

大师上台演出等于在教我，“偷学”连看 17 场

王汝刚：在上海，唱“程派”唱得最好的老前辈、艺术家，就是李蔷华老师。您什么时候开始唱戏的?

李蔷华：我 12 岁开始唱戏。在重庆，继父（李宗林）对我非常好，从小连一巴掌都没有打过，当然我学习也认真。学戏的启蒙一定是他，影响更不用说了，他不但教你学戏，还教你识字，哪个老师来了，报上一看见，他就赶快想办法去找。我最老的老师叫王瑶卿，四大名旦的师父，不得了，我到北京去拜的王老师。还有徐碧云。再有周长华老师，住我家里三年，他是专门跟程砚秋先生操琴的，最有名的琴师，他能在我家里住三年，你说我要学多少?

刘晔：经人引荐，您后来在上海拜见了程砚秋大师。那时候程老师收徒弟吗?

李蔷华：不收。特别是正式学生，说我拜你吧，请客什么的，不行，不收的。我不是正式请客来拜的，我说拜他，趴下就给他磕头拜师父，那么他也是笑笑，点点头。

王汝刚：那是您正儿八经跪下去的，这是磕头徒弟。

李蔷华：对，那当然了，因为我还小。因为学是学不到的，程先生那是极难得能够教人一句两句的。那就“偷”吧，我们叫“偷戏”。那时候我看程砚秋先生演出《荒山泪》，在人民大舞台，他连演 19 场。他有一个脾气，我演出你们上座不上座，你们来看不来看?你们不来看我就偏演，我非演这个戏不可。我开心死了，看他台上演出等于他教我。他演 19 场，我连看 17 场。等于他教了我 17 场，今天学完了这地方，明天就该这儿是这儿，那儿是那儿。对程先生的戏，只能“偷学”。

姐妹“蔷薇剧团”来沪走红，之后又走向“戏码头”

王汝刚：您哪一年到上海的？

李蔷华：抗战胜利以后，1946年底。我跟我妹妹一起，叫“蔷薇（剧团）”，我们俩是从内地来的，到上海大舞台演出，李蔷华、李薇华，一个唱“程派”，一个唱“荀派”。

王汝刚：以前的宣传没有像现在这么厉害，一来就这么红很了不起，她们一到上海就是一票难求，大家对她们刮目相看，当时她们唱得又好，又年轻靓丽。那时候她们是红得不得了，她和她妹妹两个人，只要演，都满座的，忙是忙得不得了。新中国成立之后，李老师又离开上海，加入了刚刚成立的人才济济的武汉京剧团。

李蔷华：全国最有名的京剧团，因为那里有一位文化局长叫巴南冈，山东人，他特别喜欢京剧，所以你有好的演员到那儿演出，到了武汉，他首先请你吃饭，想方设法要把你留在武汉。名角太多了，高盛麟、高百岁、郭玉昆、杨菊萍这些，还有“小花脸”高世泰。

王汝刚：所以武汉被称为“戏码头”，因为他这个班子人马整齐。

李蔷华：特别好。

与京昆大师俞振飞结为伉俪，相濡以沫“最幸福”

刘晔：李老师和俞老师两个人是如何认识的？

李蔷华：他的学生叫薛正康，也是唱小生的演员。他是常驻上海的，那时候他就介绍我跟俞老见面。可是我们不能在上海见面，因为上海人都了解我们的。那时候我在武汉，薛正康跟我妹妹两人约好了，我们在广州见面，广州熟悉我的人毕竟不多的。薛正康就陪俞老到火车站来接我们，我妹妹陪我去的，见面了，坐在那儿，俞老不说什么话的，就看桌上的糖，剥一个给你吃。因为俞老最爱吃甜的，爱吃糖，他没多说话，坐一会儿，拿一个糖，剥一个。俞老为人特别好，艺术上用上海人的话说是“顶呱呱”，为人上也是好得不得了，所以我为他做点儿什么，都是心甘情愿的。

《贩马记·写状》剧照

俞振飞李蔷华夫妇

王汝刚：后来我们看到俞老和她在一起，像老小孩一样。有一次有一位武汉政协的同志来看望他们，俞老那时候已经很大岁数了，他帮她招待，人家一杯茶喝完了，他拿热水瓶给人家倒茶，结果倒错了。她说：“你怎么了？我倒的是雪碧，你当是白开水吗？”俞老倒好以后还很得意，觉得我不要你们照顾，我也会招待客人的。到了上海之后，俞老毕竟年纪大了，他的衣食住行，全部都是李老师照顾。李老师年龄也不小了，结果身体不好，盲肠开刀，住到医院去了。俞老急得不得了，送她到医院去，送到电梯口，拉着她的手贴在自己的脸上，说：“蔷华啊，蔷华啊。”我们在旁边看着，你说现在年轻人浪漫，老先生那才是风流才子。

李蔷华：我要上医院了，我就看见他在拿鞋，他穿布鞋的，我说：“你拿鞋干什么？”他说：“送你呀，陪着你。”要送到楼底下，楼底下不行，还要送到院子，院门口，一直看着你叫了车，上车去，就是那样的。那时候我在医院里，一天他上楼来了，把我给吓一大跳，问他：“谁陪你来的？”他说：“没有人陪我来，我自己来的。”把我吓坏了，老怕他磕着碰着，毕竟年纪大了。坐在我旁边看了以后，他高兴得不得了。

【节选自《闲话上海·阿王拜年》访谈实录】

2019 年 2 月 4 日《新闻坊》栏目播出

【记得一二】

“我不为他做，谁为他做？”
——怀念李蔷华奶奶

2022年初春，连绵阴雨之中，一代京剧大家李蔷华奶奶以93岁高龄辞世，至此，作为“程派五老”之一的第二代京剧“程派”艺术传承人，悉数谢幕，令人哀婉伤心。

作为京剧表演艺术家与国家级非遗传承人，蔷华奶奶一生可谓功成名就、华彩斐然，在其一系列代表作《锁麟囊》《二堂舍子》《春闺梦》《亡蜀鉴》中，观众得以亲身感受其深受一代宗师程砚秋的影响，可谓得其真传。在继承“程派”艺术上，蔷华奶奶用心专注、十分严谨，特别是在学习“程派”唱腔延绵不绝、内柔外刚的艺术特点上，非常注重原汁原味，注重声音浑厚与婉转用腔的协调，程味十足，得到业内行家的高度认同。她在音韵上相当讲究，吐字发声，韵味醇厚，绵延不绝，外柔内刚，情态动人。除了唱腔，“程派”艺术表演对圆场水袖功夫要求甚高，蔷华奶奶展现得也十分精彩到位。应该说，在她身上展现的京剧“程派”艺术，最大的特点及优点是规矩、规范、传统。学“程派”70余年，蔷华奶奶始终强调：“我从不敢乱改程砚秋的艺术，哪怕一点一滴，因为我没有那个能力和水平。”因此，她的舞台演出，总是规矩而严谨，处处见功夫，给人美的享受。近年来，除了教授出杨爱华、朱莉丽等学生，不少早已成名的艺术家诸如张火丁、史依弘等也经常上门求教于她，老太太总是毫无保留，倾囊相授。

除了艺术上的出类拔萃，蔷华奶奶更是生活中的一位好母亲、好妻子。在她晚年，还有一个引人注目的身份是一代宗师俞振飞先生的妻子。众所周知，她对俞振飞先生有很深的感情。她曾和我说过，那时有心人撮合晚年单身的他俩走在一起，俞老对此颇为期待，但碍于两人都是梨园行名人，第一次见面安排在广州。刚一见面，俞老腼腆地剥开一颗糖递过去，笑吟吟地对蔷华奶奶说：“这事要是成了，委屈你了。”欢喜之情溢于言表，眉梢眼角展现的幸福感，真像个热恋期的少年。蕾华奶奶则报之嫣然一笑，轻轻接过了俞老递过来的那颗糖……就这样，两位艺术家在晚年走进了彼此的生活，恩恩爱爱。她曾坦诚地告诉我，一开始，自己对俞老的感情是同情多过爱，想着这样一位德高望重的大艺术家晚年孤苦伶仃，无人照顾，心里不忍，于是愿意放下自己本来在武汉享受的一切荣誉、地位与待遇，甚至牺牲自己的艺术生涯，心甘情愿地来到上海做起了俞老夫人，在生活中照顾俞老。没想到相处久了，两人的感情越来越好，谁也离不开谁了。而俞老晚年，也多亏了蕾华奶奶无微不至的照顾、关心与呵护，事无巨细，亲力亲为。俞老生命的最后几年卧病在床，蕾华奶奶更是无微不至地呵护老人，茶水不能烫，吃鸡只喝汤。俞老在病床上犯了“戏瘾”，一晚上哼曲子影响了其他病友休息，蕾华奶奶第二天来探望时轻轻抚摸俞老的脸庞，笑着对他说：“想唱戏了，等我来，唱给我听，好吗？”望着爱妻，俞老露出了笑容。有一回，蕾华奶奶生病住院了，俞老得知后，执意要去医院探望爱妻，还为蕾华奶奶亲手削了一个苹果……这样的故事很多很多，两位老人用自己的行动告诉我们，什么叫相濡以沫。而对这些往事，蕾华奶奶只有一句话：“俞老是那么了不起的艺术家，这些事，我不为他做，谁为他做？”

俞老去世后，蕾华奶奶把家中一大批珍贵资料、书画作品、戏服道具、曲谱剧本、书信文件等全部捐献给了上海图书馆，建立了一套完整的俞振飞艺术档案，功莫大焉。之后，但凡有关俞老的纪念活动，总能看到她忙碌的身影，特别对于俞老最关心的上海昆剧团，蕾华奶奶更是呵护备至。2019 年，在“上昆”成立 40 周年的庆祝晚会上，老团长蔡正仁推着耄耋之年的师娘李蕾华出现在上海大剧院的舞台上，背景巨幅照片上的俞老笑意盈盈，这画面，令在场所有人为之动容！

有一年，《粉墨人生妆泪尽》一书的某些不当言论致使俞老名誉受损，蕾华奶奶义愤填膺，第一个站出来，与蔡正仁、岳美缇等学生一起，拿起法律武器为俞老维护名誉。官司打赢了，她还是那句话：“不能因为俞老没有子女，就这样随意抹黑一位艺术大师。我是他的妻子，这事情，我不做，谁来做？”

11 年前，纪念俞老 109 岁冥寿演出，蕾华奶奶与蔡正仁老师合演《春闺梦》，允为绝唱。《春闺梦》源自唐代诗人杜甫的《新婚别》以及陈陶诗句“可怜无定河边骨，犹是春闺梦里人”的意境。当年，在《春闺梦》里，程砚秋饰演张氏，俞振飞饰演王恢，两位艺术大师旗鼓相当，珠联璧合。这回由李蕾华、蔡正仁演来，仍可见程、俞遗风。

《春闺梦》剧照

然而，那年她已是83岁的老人，自己都不免担心：这长达一小时的《春闺梦》，唱腔、身段繁难，能扛得下来吗？演出那天，只见她扮演的张氏一上场，快步走出，两三步后转身亮相，底下立即响起掌声，人们惊叹：李蔷华精气神犹在。在演出《春闺梦》时，其声高，如霜天鹤唳；其声幽，如空谷泉鸣，高低徐疾，操控自如。更难得的是，对于水袖、动作甚至表情，蔷华奶奶演来都一丝不苟，耄耋之年表现新婚夫妻久别重逢的欣慰喜悦，依旧那般小儿女情态，令人叫绝。我抓拍到一张甩水袖的照片，蔷华奶奶很是喜欢，专门要我放大了送她，放在家中。

台上的气定神闲、神完气足令人赞叹。然而，一到后台，蔷华奶奶却忍不住呕吐了，趴在桌上，久久缓不过来。关栋天自始至终陪伴着母亲，端茶递水，揉背抚胸，呵护备至，蔡正仁老师和我也陪在一旁，生怕老人有什么闪失……整整40分钟后，蔷华奶奶缓缓抬起头，笑着对我们说："我活过来了。"说这话时，微笑挂在嘴边，她庆幸，自己终于以一出她和俞振飞曾经合作过的《春闺梦》，完成了对俞老最好的纪念，更是她对俞老一片深情的最佳体现……事后，我曾问她："那么大岁数，彩唱全出，值得么？"她还是那句话："这是我应该做的。我不为他做，谁为他做？"

2022年是俞老120岁诞辰，蔷华奶奶以93岁高龄仙逝，那段晚晴岁月的美好与神仙眷侣般的传奇，也就随之而去了……愿她一路走好！我们会永远怀念她的美丽、温婉、坚强，以及那"出程入化"、高标独具的艺术！

王悦阳

《新民周刊》记者

上海市作家协会会员

生同舞台，死同坟台，今生今世不会分开

滑稽表演艺术家，国家一级演员，国家级非物质文化遗产项目独脚戏代表性传承人，获中国文联“终身成就曲艺艺术家”称号。

1934 年出生于浙江宁波；
1950 年，拜于滑稽泰斗姚慕双、周柏春门下，成为“双字辈”艺人中的一员，后加入上海蜜蜂滑稽剧团；
1960 年，随剧团转入上海人民艺术剧院；
1978 年，参与重建上海曲艺剧团（后改名为上海滑稽剧团），并与“双字辈”师弟李青组合，成为黄金搭档；
2021 年 5 月 28 日，因病逝世，享年 88 岁。

滑稽表演艺术家，国家级非物质文化遗产项目滑稽戏上海市代表性传承人、国家级非物质文化遗产项目独脚戏上海市代表性传承人。

1951 年，拜张利音为师，进入新生通俗话剧团学演文明戏；
1952 年，随师转入大公滑稽剧团，后又参加过大同通俗话剧团、新华滑稽剧团；
1953 年，重回大公滑稽剧团，后拜姚慕双、周柏春为师，与“双字辈”师兄童双春组合，成为黄金搭档；
2014 年，获得“笑林盛典”终身成就奖；
2023 年 1 月 2 日，因病逝世，享年 91 岁。

TONG SHUANGCHUN
LI QING

闲话上海

【访谈对白】

真觉得一跤跌到青云里

王幸：2013 年那次演出应该是“双字辈”演出阵容最齐的一次。

童双春：对，那是《囧人黄小毛》的告别演出。李青当时生病在医院，我把他请出来。当时我们“双字辈”在上海的，应该说都到了，所以我当时心里也蛮激动的。因为这是我从艺以来最后一次告别演出。想到有这样的一天，心里还是恋恋不舍，但是我相信我们的滑稽事业后继有人，将更加辉煌！

王幸：李老师，您还记得您第一次上场演出的情况吗？

李青：第一次演出是 1951 年拜师的时候，跟着老师进新生通俗话剧团排《家有喜事》。1952 年，我跟着先生进杨华生老师的大公滑稽剧团，杨华生老师看我们很卖力，说：“你和你先生说，你们两个留下来。”我想了下，我文化程度不高，所以我刻蜡纸什么的蛮卖力的。剧本拿来以后，杨华生老师说：“这小鬼，字写得蛮差，看倒也看得清楚的。”于是我就此跟着杨华生老师了。

童双春：我是 1950 年元旦踏上舞台的，一次有一位演员误场了，但台上开戏了，就让我去代演，演下来总算可以的，台词没错，各方面也都应付下来了。姚老师在旁边看戏，他觉得这个小孩蛮聪明，头脑灵活，所以请《三毛学生意》里面“三毛”的姐姐马秋影做引荐师，收我做学生。我听到这个消息以后，真觉得一跤跌到青云里。姚慕双、周柏春是我向往已久的两位艺术大师。我从来没想过拜姚、周为老师，因为当时拜他们做先生，要请酒水，要给拜师礼，我那时家境不怎么好，付不出，不敢去开口，怕说了人家不同意，把我拒绝了。老师他主动来提，自己做梦也不敢想的事情竟然实现了，真开心得不得了！于是

上海滑稽戏“双字辈”

隔天就在国际剧场的后台拜师了，如果没有这事，今天的我在哪里就不知道了。

王汝刚：滑稽的搭档相当重要，姚慕双老师、周柏春老师两个人珠联璧合，合作了这么多年，你们两位也是合作了这么多年，你们谈谈，从什么时候开始合作的?

童双春：我跟他一起合作，应该说是上世纪 80 年代，好像是 1981 年，当年演《莺歌燕舞》，两个人形成了搭档，之后没有分开过。李青形象可爱、嗓音洪亮、表演丰富，动作又灵活。

王汝刚：两个人可以搭档近 40 年，这是不容易的，住也住得很近，你看，住也住在楼上楼下，这真的是缘分。为什么他们可以搭得这么好? 我们年轻人，有的时候名利心太重了。名利心一重，有的时候搭就搭不好了——为什么你上手话这么多，我下手的话这么少? 为什么分起钱来你要多，我要少? ……考虑的东西太多。所以你看像好的大师，侯宝林、马季、姜昆，他们的搭档都是相对固定的，不太会改的，只有这样，他们才能擦出艺术火花来，成为一对好搭档。

要动脑筋，不能等

王幸：据我了解，1978—1988 年应该是上海滑稽戏最辉煌的时候了，大大小小的戏演了 300 多场，而且好像要排 12 个小时才能买到票子。

童双春：这些都是事实，解放剧场大玻璃都挤碎过，晚上 8 点开始排队买票，一直排到第二天上午 8 点开始卖票，正好 12 个小时。7 点半开场的时候，门口观众就排队，开始买明天的票子。最厉害的时候拿着两张我们滑稽戏的票子，两张《满园春色》的票子，换一双皮鞋，那时候一双皮鞋 24 元，那就等于 6 角的一张票子翻到 12 元，翻了 20 倍，再加两包凤凰牌香烟。有时候人家拿一本《基督山恩仇记》的手抄本，再加两包香烟来换。冬天冷，排队实在吃不消了，然后把水果篓子搭起来烤火了，在下面烧报纸烤，空的竹篓，火苗窜上去。虹口消防队瞭望台，一看见这个地方有烟火，以为出事情了，救火车开来，来到这里一看，才发现这里在排队买票。第二天把我叫过去了，说你们这个不对。之后一段时间门口不能卖票，我们就组织到街道、里弄里面去推广。那个时候滑稽戏确实是蛮红的。

王幸：作为一个本地小姑娘，我还在想一个问题，在春节晚会上，北方小品、相声这么多，倒是我们上海的滑稽戏、独脚戏有点冷。两位老师怎么想的？

童双春：现在人家北方的表演，比较红火，这也是一种促进，也许我们现在积蓄着，还没有爆发出来。我觉得外界来的这些，对我们南方滑稽戏而言，不是一种压力，我认为要把它变成动力，问题是我们自己本身拿得出东西吗，内容有质量吗？我们这些从业人员，要动脑筋，不能等，因为现在老的一代过世了，编创人员少了，年轻人光靠别人给你本子来演，就比较少，要靠自己本身原创的东西才行，要动一些脑筋，要花一些精力，要有这样一批有志之人，能够为滑稽戏，为我们独脚戏的曲艺事业出一些力、作一些贡献。我相信不久的将来，会有辉煌的一天。

生同舞台，死同坟台

王幸：你们住在上下楼，平常串门吗？一起吃晚饭吗？

童双春：他隔一天就要到我家来，和我说一声。今天上午还来过，话不多，什么事说好以后，5 分钟不到他就下去了。

李青：我听见“咚”一声，以为他一只脚不灵了，我害怕他摔跤，我跑上来看看，你蛮好，蛮好就好，就跑回去了。

王汝刚：李青老师成了童老师家里的门房间老伯伯，听见声音不对马上来。

童双春：现在我们两个人叫“生同舞台，死同坟台”，今生今世不会分开了。

【节选自《闲话上海·阿王拜年》访谈实录】
2019 年 2 月 5 日《新闻坊》栏目播出

童双春、李青舞台表演照

2020 年 8 月童双春新书发布会上老搭档表演《日本越剧》

童双春、李青接受访谈中

童双春单骑走泥阵

滑稽戏、独脚戏深受观众喜爱，但是由于语言的限制，以前主要在江南一带演出，因此圈内有句行话“滑稽不过长江”。随着时代的发展，如今滑稽戏不但立足江南、服务全国，还跨出国门，把欢笑传递到世界各地。

说起改革开放后，最早出国表演滑稽戏的演员当数童双春和王双庆，两人师出同门，都是滑稽泰斗姚慕双、周柏春的“双字辈”弟子。20 世纪 80 年代，他们出访美国旧金山等地，表演滑稽戏、独脚戏。这个消息在华人侨胞中引起很大反响，特别是一些上海籍的华人，更是兴奋不已，奔走相告，戏票很快订购一空。

舞台上的童双春老师英俊潇洒、气宇不凡，王双庆老师不急不躁、轻松诙谐，两人配合默契，收放自如，可谓珠联璧合、相得益彰，他们的表演不仅赢得观众欢迎，还得到我国驻美使领馆官员的赞赏。

按照当年的外事规定，出访回国后，每人可购买一件家用电器。童双春老师独具慧眼，挑选了一辆日本生产的“雅马哈”摩托车。那时候，这类舶来品绝对属于时髦和罕见的。因此，有着“奶油小生”美称的童双春，骑着进口“雅马哈”，行驶在申城的大街小巷，可谓“招摇过市”、风头十足，回头率基本上达到 100%。

如此“稀世珍宝”，当然要精心呵护，所以细心的童老师给自己定下了摩托车“五不开”戒律，即：下雨天不开，烈日下不开，刮大风不开，路途遥远不开，车辆高峰时不开。他严格遵守，从不轻易“以车犯险”。

有一次，童老师要去剧团开会。出门前，他先开窗观测天气：万里晴空，和风吹拂，已过上下班高峰，完全符合驾车出行的条件。于是，童老师小心翼翼地推着心爱的“坐骑”出行，一路上心情十分愉悦。

谁知天公不作美，车过中山西路，霎时乌云密布，天空飘起点点细雨，继而雷声隆隆，眼看大雨将临。这可急坏了童老师：“我这娇嫩的宝贝，怎么经得起大风大雨的摧残？”于是，他睁大眼睛，四处打量，想找块可以遮风避雨的地方。

那时，中山西路一带正在建筑高架道路，路面坎坷不平。眼尖的童老师很快发现路桩下有一块小土墩，已经平整成水泥地。“对，就去那儿躲躲。”他飞快地推车奔向那块小土墩。刚把车推上水泥地，不由得暗暗叫苦——原来，这小土墩是高架道路的桥墩基础，表层的水泥刚刚浇灌不久，粗看以为是干燥的，实则下面全是泥沙，一旦走进这“泥阵”，想要出来就不容易了。顷刻之间，童老师和他的“坐骑”以均匀速度直往下沉。“请大家帮帮忙啊！”童老师只好开口求助他人。

行人听见这熟悉的嗓音，不禁又惊又喜：“咦，这不是童双春老师吗？我们快去拉他一把。”热情的行人纷纷上前帮忙，刚要动手，只听见一旁有人大声喊道：“不要过去，赶快闪开，童双春在拍电视，你们走过去就要‘穿帮’了呀。”众人回头一看，原来是位骑自行车的瘦男人紧张地“提醒”大家。众人这才“恍然大悟”，再一想不对啊：“咦，拍电视怎么没有看见摄像机啊？”“哎呀！这个你们就不懂啦。”那瘦男人解释道，“人家是拍摄需要，采用偷拍的创作方式，摄像机说不定就架在附近的哪座高楼窗口呢。我跟你们说，演员是很辛苦的，我们千万不要去破坏人家的艺术气氛。”众人觉得言之有理，赶快远离“拍摄现场”。

童老师被那瘦男人的自作聪明弄得哭笑不得，只好依靠自己的力量，使劲从泥地里“挣扎”起来。众人见状，也顾不得“破坏艺术气氛”，情不自禁为童老师的“表演”鼓掌叫好。

就这样，童双春在众人的“喝彩”声中，啼笑皆非、脚步踉跄地爬出了泥地，耳边却传来众人一片赞扬声：“童老师做功多少道地呀！”“太逼真了，一跤摔得像真的一样。”“啧啧啧，真是个好演员啊！”……

王汝刚

滑稽表演艺术家

《闲话上海》嘉宾主持

DONGFANG ZHI SHENG

东方之声

闲　话　上　海

老戏能够“新演”，冷戏能够“热唱”

昆曲表演艺术家，国家一级演员，第二批国家级非物质文化遗产项目昆曲代表性传承人，第四届中国戏剧梅花奖获得者，被誉为“中国昆坛第一老生”。

1943 年 5 月出生于江苏吴江；
1954 年，考入华东戏曲研究院昆剧演员训练班（昆大班），师从沈传芷、郑传鉴、倪传钺等“传字辈”名家；
1964 年，在上海青年京剧团主演现代昆剧《自有后来人》《琼花》；
1978 年，上海昆剧团恢复成立，主演建团公演剧目《十五贯》；
1981 年，在首届上海戏剧节上同时主演三出大戏：《钗头凤》《唐太宗》《烂柯山》；
1987 年，获第四届中国戏剧梅花奖；
同年，参加英国第 42 届爱丁堡国际艺术节，主演《血手记》麦克白一角，引起轰动。

【访谈对白】

这个小孩“眼睛蛮好”

王汝刚： 计老师的戏我看了不少，在舞台上塑造了非常多的形象，既有现代戏，也有古装戏，不愧是昆曲大师、“第一老生”。这是真的第一，呱呱叫，没话说。您是什么时候开始学戏的?

计镇华： 10周岁。我是“昆大班”里面最小的一个，当时的华东戏曲研究院昆曲演员训练班面向全国招生。那时候来报名的人蛮多的，大概有几千人，就录取60个人。我为什么要去呢？实际上，我对京剧蛮熟悉的，我爸也是京剧迷，请了两个票友来教京剧，我在旁边听，他还没有学会，我都听会了。什么《武家坡》《文昭关》我都会唱的。我还“卖过唱”呢，那时候抗美援朝，我到对面书院状元楼去清唱，人家扔一些零钱，一角两角。我妈是里弄先进干部，对京剧也是很熟悉的。昆曲演员训练班招生的时候，我对昆曲根本不熟悉，以为是昆明戏、昆山戏，根本不知道，从来也没有听到过昆剧、昆曲。在学校，我的成绩单总是“亮红灯”，成绩这么差怎么能行呢？我妈说我这个人读书不行，正好华东戏曲研究院昆曲训练班在招生，去报名吧。一报名好了，两个“传字辈”老师看见我都说，这个小孩眼睛蛮好，也就去了。我们这辈人，就不得不说“传字辈”老先生，功劳不得了，承上启下完全是靠“传字辈”，真是了不起。

刘晔： 计老师，您刚进训练班的时候，一开始学什么?

计镇华： 一开始大家一起学基础戏，过了大概半年，老师开始物色新学员去学什么行当。我小时候长得还蛮好看的，两只眼睛蛮有神的，所以老师一看，认为这个小孩不错，先唱小生。

小生偶然变老生，为大师配戏太紧张

计镇华：那时候一个戏叫《出猎回猎》。《出猎回猎》里，咬脐郎是娃娃生，唱主角的。老生是配角，叫刘知远，演皇帝的，演出的时候，演刘知远的人喉咙哑了，变声，晚上有重要任务，怎么办？临时叫我上。那时候我连“龙套”都没有跑过，第一次上舞台，开始第一次涂抹油彩，那时候是沈传芷帮我化的妆。

刘晔：沈老师亲自帮您化吗？

计镇华：对，我不会化的，老师化，化好以后，官帽一戴，褶子一穿，我们叫黑三，京剧叫髯口，我们叫口面，一戴，老师说这个小孩扮相实在漂亮。我这个人平常看看一般般，扮出来很好看。台上大白光，光很强，下面观众席坐着什么人看不见。我第一次上台，紧张得要命，就好似脚踩在云彩里面，戏完了我也糊里糊涂。

王汝刚：一个偶然的机会顶上去了，就奠定了地位。计老师您那时候年纪很小，但是和大师在一起演出的机会还是蛮多的。

计镇华：对。那时候碰到一个《墙头马上》，我记得是1957年或1958年排的。那时候我还很小，只有十五六岁，“乱点鸳鸯谱”把我点上去了。言慧珠演我女儿，俞振飞演我女婿，我和他们同台演出，演了蛮多时间，我觉得对我的帮助很大。后来，我和俞老配戏，还是会紧张，包括《贩马记》里的李奇、《太白醉写》里的皇帝，戏中俞老跪在我面前，我看俞老表现那种醉意，那种仙气，傻眼了，我自己忘词了，还是俞老提醒我：“平身。”我：“哦！平身。”

高音开窍后，台上成了“我的王国”

计镇华：1964年的时候排了《琼花》，在天蟾舞台我们演了108场，那时候老的天蟾舞台有2000多个座位，天天满座。

王汝刚：那时候我家就住那儿附近，金陵东路，当时我还小，好票子买不起，我曾经在天蟾舞台的三楼看过一场《琼花》，一张票子两角五分钱。到了1978年，上海昆剧团恢复成立，您的本事也大，从演现代戏又要恢复从前的功底。

计镇华：我们建团第一部戏演的是《十五贯》，这部戏《人民日报》报道过。昆剧团成立后的第一部戏，我的压力很大。那时候我排《琼花》，上海歌剧院导演李世仪就说："计镇华你舞台上形象很好，表演也可以，但是嗓子差了一点儿，我给你介绍一个声乐老师，叫姚士达。"我说："好啊，我自己也觉得很痛苦的，每次高音的时候总是很累，负担很重，心里总觉得后面要唱高音了，演戏就演不好了，如果这部分可以解决的话多好。"1977年的时候，姚老师帮我练了大概不到半年。我们从3月份开始演出，上来第一出戏就唱况钟，跑上来九龙口到台口，我太太也去看的。《点绛唇》调门很高的，高音到High C，我上去了，蛮轻松地就上去了，而且那台戏舞台效果很好，因为我"解放"了，我可以在表演上充分发挥，台上就等于我的"王国"一样。我们演了三十六七场，天天满座。袁雪芬看了也对我的嗓子评价蛮高的。我以前演戏，人家从来没有说我计镇华嗓子特别好，从这开始就有了。

刘晔：计老师，借今天的机会也想问问您，我们也看到，很多年轻演员也在舞台上了，大家现在都讲要让年轻人创新，您怎么看？

计镇华：我觉得创新是必定要创新的，我们重点是怎么把传统折子戏做得更加丰富。传统折子戏，不是说不可以再进步了，像《十五贯》里面的况钟，包括朱买臣后来做官了，包括《一捧雪》里的陆炳，官和官是不一样的，陆炳是锦衣卫大堂（官职），官油子，跟《十五贯》里面的正气的况钟，完全可以演成两个性格，不要官就是官，反正我就是一二三四，这样不行。所以，我们演传统戏，也同样可以人物化、性格化。你要去钻研，要去研究剧本，虽然这个剧本已经传下来三四百年了，但是你深入的话，还可以研究得更细。

【节选自《闲话上海·阿王拜年》访谈实录】

2020年1月25日《新闻坊》栏目播出

《寄子》剧照

《烂柯山》剧照

《弹词》剧照

《蝴蝶梦》剧照

从借鉴到溶化
——我为什么欣赏计镇华？

昆曲历来以生（小生）、旦（闺门旦）戏为主，优秀的老生演员犹如凤毛麟角。上海昆剧团计镇华的脱颖而出，无疑使这朵兰花更增添几分馨香。

在上海昆曲精英展览演出中，我又高兴地看到他主演的《琵琶记·扫松》《绣襦记·打子》，感到他的技艺越来越成熟了，常能给人一种新意。关注一下他的成才之路，对于振兴昆曲也不是无益的。

计镇华是个求知欲很强的演员。他自幼随"传字辈"老艺人郑传鉴、倪传钺学艺，打下了较为厚实的基本功。昆曲分行很细，光老生就有三种，计镇华几乎无一不能，戏路很宽。但他从不满足，近年来又努力兼收并蓄，博采众长，注意向兄弟剧种，以至话剧、电影汲取营养，不拘一格地塑造了许多个性迥异的艺术形象，例如《蔡文姬》中的曹操，《钗头凤》中的陆游，《唐太宗》中的李世民，获得了内外行广泛的好评。

郭老的话剧《蔡文姬》移植到昆曲舞台上，用老生扮演曹操的课题摆到了计镇华的面前。如果说，北京人艺的刁光覃演曹操曾经吸收了一些戏曲表现手法，那么，计镇华演曹操又吸收了话剧的一些表现手法，并与昆曲优美的身段、细腻的表演巧妙地结合起来。他以非凡的气质、精彩的唱念、富有独特风格的表演去征服观众。他演到曹操得知董祀冤情后反躬自省那一场，借鉴"麒派"《追韩信》中萧何用背部动作表达人物内心活动的手法，把曹操的愧悔之情表现得淋漓尽致，被赵景深同志赞为"又一个麒麟童"。大凡好演员都懂得触类旁通的道理，尽管计镇华在借鉴和溶化方面有时还显得稚嫩，但这种勇于求索的精神是难能可贵的。

有人评价计镇华具有老戏新演、冷戏热唱的本领，我也有同感。《烂柯山》本以旦角崔氏为主，计镇华演来既能充分发挥自己的戏，又起到了烘云托月的效果。难怪饰崔氏的梁谷音不止一次地说过："没有计镇华这个老搭档，我在台上就提不起精神，十分戏只剩下六七分。”朱买臣这个角色确实相当难演，一要演他的穷而有志，二要演他的委曲求全，三要演他的迫于当时社会制度的制约，不得不以冷酷绝情来结束这场矛盾。计镇华能把朱买臣内心的层层波澜，有层次有节奏地表现出来，比较成功地塑造了这个封建知识分子的艺术形象。

《长生殿·弹词》这出戏更加难演，从头至尾半个多小时，李龟年怀抱琵琶，端坐台上，咏叹怀旧之音，用现在的话说，叫作化妆清唱。在我的记忆中，能把这出戏唱热并闻名南北的，就数当年名票红豆馆主溥侗。他和别人不同之处就在于唱【六转】的时候，离开座位连唱带做，使舞台气氛活跃起来。我曾把这一成功经验告诉过计镇华，计镇华“心有灵犀一点通”，就开动脑筋，反复琢磨，果然有了更大的突破，不但使李龟年站了起来，而且把身段动作与唱词内容结合得十分贴切，唱腔节奏处理得非常恰当，尤其是眼神和髯口的运用，颇能传神。上海昆剧团赴香港献演，他大胆地选了这出戏。他一出场亮相就很漂亮，一阵彩声之后，立刻寂静无声，内行叫作压台。那段“一从鼙鼓起渔阳”的长白，抑扬顿挫，一字一珠。紧接着那套【九转货郎儿】的曲子，竟每唱一段就掌声雷动，完戏谢幕时，甚至有人高声叫好。这在昆曲演出史上，实在是罕见的现象。冷戏热唱，端在功力，这决非侥幸所能得到的。我之欣赏计镇华，也正在于此。

俞振飞

京剧、昆剧表演艺术家

俞振飞（右）与计镇华合影

“小紫娟”有“大分量”，“丫头”里向她称“王”

越剧表演艺术家。曾参演古装越剧《春香传》、越剧电影《红楼梦》、戏曲电视连续剧《西园记》等，被戏迷爱称为“越剧丫头王”。

1934 年 12 月出生于上海；
1951 年，考入杭州民艺剧社学戏，工小旦，业师竺素娥、陈素云；
1953 年，进入上海天鹅越艺社；
1954 年，参加华东越剧实验剧团二团，师从王文娟；参演古装越剧《春香传》，后转入上海越剧院二团；
1962 年，参演越剧舞台艺术电影《红楼梦》；
1982 年，参演戏曲电视连续剧《西园记》；
2018 年，获第八届“上海市慈善之星”和“全国尊老敬老助老模范人物”称号；
2022 年，参加纪念越剧宗师王文娟专场演出，登台演唱《劝黛》；
2023 年 4 月 3 日，因病逝世，享年 88 岁。

闲 话 上 海

【访谈对白】

你身体太瘦弱了，不要去吃这碗饭

王汝刚：您什么时候开始学戏的？

孟莉英：我是 17 岁，杭州来招考我考进去的。但是待在那里不到一年，就不了了之散掉了，散了之后我就回来了。回来后我也不想演戏，那时我妈总觉得我太瘦，说："你不能吃这碗饭，你身体太瘦弱了。"但我还是很喜欢的。后来演出，跑跑龙套，碰到丁赛君老师。丁赛君老师看完整出戏，就叫我跟她，是她带我进了大剧团。那时候天鹅越剧团在长江剧场演出，生意异常好，出双包银，不是单包银了。后来上海越剧院的前身（华东越剧实验团）从我们一班子十几人中吸收了四个人：丁赛君、郑忠梅、葛玉卿，还有我。所以说丁赛君老师是我的伯乐，她把我引进到大剧团，再进了上海越剧院，要不然我还不知道现在怎么样了。

王汝刚：丁赛君和您相差多少年纪？

孟莉英：她大我 6 岁。她那时候已经响当当，很红了。出去演出，在长江剧场和筱月英搭档，观众多得不得了。当时他们是丁赛君、筱月英、郑忠梅三个人。我属于小花旦，演《孔雀东南飞》，我在里面饰演小姑，虽然没有什么戏份，但是小姑大家还是有一些印象的。

没有你的戏时，你要挖掘"潜台词"

孟莉英：我 1954 年跟着丁赛君老师一起进入剧团，被安排在徐玉兰、王文娟老师那里。徐、王老师的团那个时候叫二团，不叫红楼剧团。那个时候她们从朝鲜回来进了上海越剧院，组成二团。剧团把我们四个人吸收进来后，丁赛君学"范派"，葛玉卿是"傅派"，她俩到一团去了，我始终在二团，没有变动过。

王汝刚：排演《红楼梦》的时候，名单出来您就是紫鹃吗？

孟莉英： 是的。得到紫鹃这个角色，我开心得不得了。一开始我觉得紫鹃在《红楼梦》里没有什么篇幅，不像晴雯、鸳鸯，都可以拉出来排一个戏，紫鹃没有什么可讲的。那时候要求每个人要看原著三遍以上。我一遍看下来，我想，这有什么看头？一点儿可发挥的余地都没有，再也不看第二遍了。结果后来剧本出来之后大不相同，我一看剧本，紫鹃虽然不是主角，但是分量很重，除了贾宝玉、林黛玉，就是紫鹃。拿到这个戏，我如果演不好的话，就要被打入“冷宫”了。

王汝刚： 当初您演紫鹃的角色，顺利吗？

孟莉英： 作孽，水平不行。那个时候总说斯坦尼斯拉夫斯基表演体系，潜台词，我们都没有学过。林黛玉唱的时候，我站在旁边，像立壁角，一大堆的文稿。导演吴琛总说：“她在唱，你有什么想法？”有什么想法？没有什么想法啊！她在唱，我又不能乱做表情，我说没有想法。“你要挖潜台词。”我挖不出来，真的挖不出来。碰到“哭灵”了，贾宝玉在唱。“你站在旁边干什么？”我说没干什么，回答还不能理直气壮。“你要有潜台词，虽然没有你的戏，你要衬托。”我想，我是站在旁边衬托的啊！真的，那时候我很笨的。戏下来，我总是想，吴琛老院长你怎么专门坍我的台？大庭广众之下，弄得我真的没有地方可钻。我在《红楼梦》里的这个角色能够这样成功，一是剧本写得好，还有一点，我非常感

《红楼梦》剧照

激吴琛老师当年的那些教导。

不想演小姐了，配戏配成“丫头王”

孟莉英： 我们剧院里这个《红楼梦》，与众不同在什么地方？贾宝玉“哭灵”之后，还有四个“问紫鹃”。一般来说，“哭灵”高潮下来就结束了，各个剧团都是如此。但我们有四个“问紫鹃”，一上一下地唱，非常难唱。你要唱得好才能叫观众：“你不要走，下面还有。”对吗？如果你唱得不好，怎么压得住观众呢？

王幸： 孟老师，您演了那么多丫头的角色，被称为“丫头王”。如果是现在的女孩子就会有想法，我长得也很好看的，我唱功也很好的，什么时候可以演小姐？您那时候有没有这样的想法？

孟莉英： 过去年轻的时候很瘦，旁边邻居都叫我“温吞水”，我也不想去做小姐。像王文娟老师这样的大家闺秀，凭我这样的身材，在她旁边我只能做做丫头，做小姐不像的。

王汝刚： 您什么时候拜王文娟做老师的？

孟莉英： 1957年，是领导分配的。我们那时候拜老师，简单得不得了。徐、王老师这样坐着，一张桌子一杯茶，给老师鞠三个躬就好了。老师从来不训斥我，非常随和。再加上台上的角色传承，既有师徒关系，又有姐妹深情。

王汝刚： 王老师对孟老师的感情也很深，我们有一次吃饭，她看见菜好，您知道她第一个念头是什么，她说剩一些给孟莉英带回去。

孟莉英： 她叫我阿孟，直到前年碰到她依然是这样。她总觉得我现在一个人，太简单了。每次和我一起吃饭吃好之后，她会说这个菜没有动过，带回去。总是这样关心我。

【节选自《闲话上海·阿王拜年》访谈实录】

2019年2月8日《新闻坊》栏目播出

年轻时的孟莉英

《红楼梦》剧照

《西园记》剧照

【记得一二】

春风吹老梨花脸，光阴轻轻在流过

2023 年清明节前夕的一个凌晨，著名越剧表演艺术家孟莉英老师仙逝，享年 89 岁。从此，周恩来总理口中的“小紫鹃”魂归天国，带着永恒的美丽与艺术，与恩师——永远的“林妹妹”王文娟老师相会了。

消息传来，不胜唏嘘，不久之前，耄耋之年的老人还参加了纪念王文娟老师的专场演出，接受了《可凡倾听》的采访，印象中她始终光彩夺目、精神矍铄，丝毫不见一丝颓态。事实上，老人数年前就动过大手术，近一年来，身体状况一直不好。尽管如此，只要是与越剧有关、与“王派”有关的事，孟老师总会积极参与，原因无他，因为她与恩师的情感太深太深。

这些年与孟老师接触，我们聊得最多的永远是王文娟老师。言语中，她总是钦佩恩师的艺术人品，也经常由衷赞美恩师的勤奋努力，更会感动于恩师的大爱之心……而事实上，在孟莉英的身上，恩师的这些珍贵且优秀的品德，她都有。

说她的艺术精湛，看她因塑造《春香传》中的香丹、《西园记》中的香君到《孟丽君》中的荣兰等一系列角色被观众亲切地称作“丫头王”，就是最好的口碑。特别是《红楼梦》中的紫鹃一角，更是传神、精彩，甚至受到周恩来总理的肯定与点拨，要她掌握好表演的分寸，甘当绿叶，做好陪衬，依旧可以出彩。她在《焚稿》一场中，着重体现了紫鹃与黛玉非同一般的主仆关系，她们有着情同姐妹的深厚感情。在《哭灵》一场中，她对宝玉从不满到同情，均表现得层次分明。

说她勤奋努力，更是绝非虚言。1934 年 12 月出生于上海的她，自小聪慧，喜爱越剧，1951 年考入杭州民艺剧社学戏，工小旦，业师竺素娥、陈素云。1954 年 4 月参加华东越剧实验剧团二团，师从王文娟。1955 年 3 月，她与恩师一起转入上海越剧院二团。要知道，上海越剧院当时可谓名家荟萃，流派纷呈，个个都是好角儿，如何在其中脱颖而出，孟莉英可谓煞费苦心。她曾和我说过，在越剧院演出，拼嗓子、论演技，绝对不可能超越徐玉兰、傅全香、范瑞娟那样的宗师，如何让自己有光彩，就要动足脑筋，尽管演的只是配角丫鬟，但从表演到唱腔，都要讲究，身段表情追求可爱灵动，唱腔绝不飙高音，而是运用自己擅长的清板，另辟蹊径，独树一帜，要做到人无我有，人有我精，哪怕只是一点点的戏份，也要讲究，要让人过目难忘。她在《西园记》里有一段“十八个赵小姐”的唱腔，可谓脍炙人口，不仅唱得夸张风趣，更唱出了人物俏皮机灵的性格，有很强的喜剧趣味，深受欢迎。

孟莉英获“上海市慈善之星”称号，恩师王文娟到场祝贺

说她拥有一颗大爱之心，更是有上海市“慈善之星”的殊荣为证。晚年退出舞台后，孟老师与一众老友组织了纯公益性质的“笑口常开艺术团”，常年下社区，走基层，特别是敬老院、医院，为老年朋友们带去艺术的享受与欢乐。她一干就是几十年，分文不取。

斯人已逝，点点滴滴，涌上心头……难忘在李旭丹拜师宴上，她半嗔半喜地说：“老师你好偏心！李旭丹，你太幸运了！”言语中都是对后辈的鼓励与肯定。难忘在嘉善举办的王文娟艺术展览开幕式上，她准备了厚厚三张纸的内容，悄悄和我说：“观众们从五湖四海赶来，就为了多了解一点儿老师的艺术和为人，所以我要多给他们一点‘干货’！”讲座时间一延再延，观众热情依旧，而她却耽误了用餐。难忘王文娟老师住院期间，《爱歌》交通卡首发，她不顾耄耋之年又动了手术，作为大弟子亲自赶来参加活动，想起病床上的恩师，几度哽咽：“老师是一个太好太好的人！”这一瞬间，仿佛让人看见了潇湘馆里情同手足的林黛玉与紫鹃。难忘去年举办的纪念王文娟老师专场演出，她是岁数最大的参演者，一段《劝黛》，悠悠袅袅：“春风会吹老梨花脸，光阴它轻轻在流过……”一开口，仿佛又是当年那个“小紫鹃”，这段演唱堪称当晚最佳。可事后她却一直懊恼不已，觉得自己没唱好，因为调门定低了……人生有涯，艺术无涯，孟莉英老师一生的追求，恰好践行了恩师王文娟老师所说的那句话：“台上演戏不怕复杂，精益求精；台下做人只求简单，知足常乐。”她的一众“丫头王”形象，必定永垂人间！她的艺术虽未称派，却足以不朽！

王悦阳

《新民周刊》记者

上海作家协会会员

家乡的越剧，被他融在《梁祝》里

作曲家、音乐家，上海音乐学院教授，曾任上海音乐家协会副主席，现任上海音乐家协会顾问。中国第一部小提琴协奏曲、民族音乐瑰宝《梁山伯与祝英台》主创者之一。

1933 年 8 月出生于浙江诸暨，幼时热爱音乐，后考入浙江省文工团担任演员；
1957 年，考入上海音乐学院管弦系进修班主修小提琴，后转入作曲系，师从丁善德教授，专攻作曲，在小提琴演奏的民族化方面进行探索和实践；
1959 年，与陈钢合作完成小提琴协奏曲《梁山伯与祝英台》，演出大获成功，从此蜚声世界乐坛；
2019 年 9 月，获上海文学艺术终身成就奖。

【访谈对白】

不睡觉也要来学琴

何占豪：我说出来可能你们不相信，那时候整个杭州没有提琴老师。什么地方有呢？就只能来上海学。

刘晔：等于说您每次上课，都要从杭州到上海来？

何占豪：这个说起来真是不得了。星期六夜戏落幕已经 11 点多了，然后我再乘三轮车到火车站。火车站乘到新龙华站下车，天亮了。自己走路，那个时候音乐学院在漕河泾，经过冠生园，闻闻很香，肚子很饿的。那时候没有车，走到音乐学院已经是上午八九点钟了，然后开始学习。课上好之后再走到新龙华站上车，大概下午 1 点钟。回到杭州已经快晚上 7 点钟了。等于一天一夜没有睡，这样持续了大概有两三年。

一定要拉民族的东西

王汝刚：我记得那时候有一个口号：一切为了工农兵。除了在学校里面要读书之外，还要经常下乡为农民去服务。您是拉小提琴的，去拉给农民听，农民听得懂吗，他们喜欢吗？

何占豪：我们去了之后，发现农民从来没有看见过这么多乐器，从来没有看见过小提琴、大提琴。

王汝刚：一只只像“火腿”一样。

何占豪：“来一个！来一个！”那我们来什么呢？我们学的是贝多芬、巴赫，就拉了。拉的时候农民的眼睛瞪得很大看我们。拉完之后我们很高兴，因为他们很认真在听。“农民同志们好听吗？”他们说：“好听。”“懂不懂？”“不懂。”

王汝刚：肯定不懂的，这是实话。

何占豪：确实是这样的。我们说："你们懂什么呢？你们喜欢听什么呢？来个越剧，来个沪剧好吗？"他们懂越剧和沪剧。大概拉四五个节目吧，一批青年先走了，手上夹着烟，一边走一边嘴巴里评论，上海话三个字叫"呒听头"，没什么好听，我们就有点儿慌了。拉了一半不到，小孩打瞌睡了。小孩一走，妇女都走了。这下好了，下面快要走光了。最让我感动的是一位老妈妈，她不但没有走还坐到前面来。我拉好琴后马上问她："妈妈，为什么其他人不喜欢我们的音乐，为什么你这么喜欢我们的音乐？你听到底了。"她说："你们坐的凳子是我的。小青年帮我把凳子搬回去，我一个人搬不动。"所以到现在《梁祝》60周年了，我们还是很怀念这位老妈妈，就是这位老妈妈教育我们，你们要为农民服务，一定要拉民族的东西。所以现在人家问我，你怎么会写《梁祝》？就是因为农民说他们喜欢越剧，喜欢沪剧。

唱词节奏巧改编，一声叫唱"妹妹呀"引狂热

何占豪：《梁祝》里面那么多曲子，从哪里来的呢？我可以讲给你们听，哪一句是哪个地方来的。有一个小快板很好听，非常好听，其实就是京戏的"过门"，稍微变一变，这是琴师创造的，不是我创造的。还有一段，"梁哥哥呀我想你"是越剧里面的调子，我们把它吸收了。我就是把演员的这种唱腔提琴化，用到小提琴上面来，所以老百姓一听就听懂了。我一开始写完《梁祝》，刘品先生（上海音乐学院管弦系党支部书记）说了一句话："你的《梁祝》四重奏，好听是好听，不够深刻。"后来我想我要到剧场里面去，看看小青年最喜欢哪一段。我就到九江路人民大舞台去看，那时候越剧迷很多是杨树浦的纱厂女工，她们天天来看越剧，看尹桂芳的《红楼梦》。结果上面演的时候，她们好像很熟悉，好像自己也会唱两句。有五六个小姐妹，有的时候她们好像是剧场里维护秩序的纠察一样，叫我们不要响。为什么呢？因为贾宝玉要叫唱一声"妹妹呀"。

王汝刚：叫头。

何占豪："啊，妹妹呀。"唱完之后这些小姑娘"好啊"叫啊，"发疯"一样地叫啊，激动得不得了。到下一场又要来了，她们又叫我们不要响，我是在后面喘气都不敢喘了。"啊，妹妹呀。"又哇哇叫。天呐，年轻小姑娘恋爱期间，

最喜欢男孩子叫她们一声“妹妹”，我想这个是爱情的真谛。这句唱词我也听过，但是我从来没有想到它这么迷人。我回去就思考，“妹妹呀”是什么音，用音符来标就是 mi sol la，do re la sol，sol la re mi。

何占豪讲课中

王汝刚：有跌宕起伏的。

何占豪：对。然后我给它节奏一变，mi sol la，do re la do sol，本来是 sol la re mi，我想后面太短了，我就加了半句，sol do la sol mi sol re。就变成了现在的第一句。

“化蝶”是浪漫主义，不是封建迷信

何占豪：我写一个小提琴主题，写完了之后向老师汇报。上海音乐学院党委书记、院长、提琴老师都来了，我们就进行汇报演出。陈钢弹钢琴，我拉小提琴。当时演奏到《祝英台跳坟》就没了。老师说：“没有了吗？”孟波老师（学院党委书记）说：“《化蝶》呢？”我说：“报告老师，我们新中国青年不相信迷信，人死掉不会化蝴蝶的。”你说我幼稚吗？孟波老师哭笑不得，他说：“恐怕不能这样说吧。我们传统的创作理念里面，是现实主义与浪漫主义结合的。”“化蝶”是浪漫主义的手法，它代表了人们的理想，所以这和封建迷信有原则性的区别。他说：“何占豪，你这个主题写得不错，《化蝶》要更美。”所以实际上这个作品，是当时作曲知识不全的青年学生，在老师指导下才完成的。

【节选自《闲话上海·阿王拜年》访谈实录】

2021 年 2 月 15 日《新闻坊》栏目播出

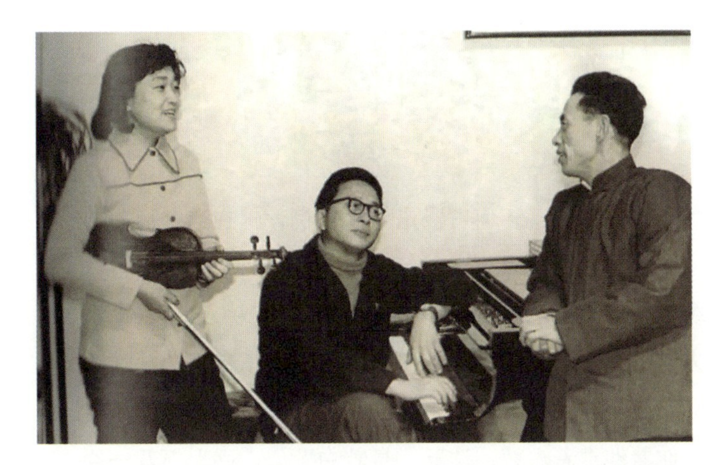

小提琴家俞丽拿与作曲家陈钢、何占豪

小提琴协奏曲《梁祝》的三位主创

【名家往来】

我眼中的何占豪

今天的演艺界，淡泊名利的人并不多，何占豪是一个特例，他在荣誉面前依然保持本色，可爱朴实。

夕阳西下时分的街心绿地，他显然已完成这傍晚例行的“功课”，认真地大步走了个把小时，只要不去外地出差，天天如此。此刻，他放松下来，边抹汗边和一排长椅上坐着的因运动而结识的朋友谈笑风生。这种情景司空见惯，因我带着小外孙也经常来此玩耍。你看他穿着短裤、球鞋，身着白背心，手上抓着一件衬衫，穿得十分平常。

他就是上海音乐学院的何占豪老师。他是了不起的大作曲家、大名人，他和陈钢老师合作完成的小提琴协奏曲《梁祝》蜚声全世界。

我在一个朋友聚会上初见何占豪老师，算来也只是近几年的事。他已年近80岁，其朴实诚恳的为人，以及背着挎包、雄赳赳气昂昂如同军人般的精气神很快赢得我的好感，与他在一起，你可推心置腹无话不说。

一直以来我挺好奇，上海有那么多会作曲的人，为什么《梁祝》偏偏出自他的手？现在已经不问而知了。他几十年来倾心于探索民族音乐，中华民族文化博

年轻时的何占豪在拉琴

大精深又独特，民族的东西无疑是我们的根。五千年积淀下的文化成果和经验，形成了我们这块土地上极珍贵的宝库。在这方面，何老师一直不遗余力地宣传。如果有人非议，他会毫不含糊、脸红脖子粗地跟他辩论。这位中华传统文化和民族音乐的忠诚卫士真是可爱极了。

20 世纪 50 年代《梁祝》问世之后，何老师不断有新作品问世。那首徐小凤首唱的《别亦难》的曲子就是他的杰作。当然这些新作不免会被《梁祝》的光芒所掩盖。然而不管怎么说，面对崇高的声誉，我真佩服他能如此地淡泊名和利，在今天的演艺界，已经很少有人能做到这样了。面对市场经济，有时我们晕头转向，坦白地说，我也不时地加入这个行列，因此常常被困惑和混乱弄得心情沮丧。当有的人不愿踏踏实实做一件事情，一味想着不择手段、昧着良心尽快得到财富的时候，何老师依然稳稳当当地走自己的路，心平气和地说老实话、办老实事、做老实人。显然，住房、轿车、理财、生活质量之类的身外之物统统无法打动他。

面对这样一个朴朴实实的好人，我还是想寻找一个具有充分说服力的理由，到底是什么把何老师打造成现在这样一块特殊的“材料”？不错，从前何老师是从浙江一个小地方考入上海音乐学院的，或许因为现在年岁一天天老去，人会更趋朴实平和，但也不尽然吧。我是内心深处极崇敬真正的人民公仆焦裕禄、孔繁森，他们为人民谋幸福，而不惜牺牲个人的一切，乃至生命。有回同车去赴一个活动，我直截了当地提问：“别介意我的冒昧，何老师，你是不是党员？”何老师坦然相告：“是的，而且是个老党员了，上世纪 50 年代到现在。”啊，是这样！我明白了，一切的问题都有了一个结结实实的答案了。我确信，党员应当有这样的精神、这样的境界、这样的作为和这样积极向上的生活态度。

那么，我们这些平凡百姓，应该好好地向他们学习。你带头，我紧跟，向往崇高，报效祖国。

童自荣
配音艺术家

一个人演“千面”，
一张嘴说“百态”

评弹表演艺术家，国家一级演员，擅长单档说唱，多调多用，被誉为“什锦唱腔”，善于模仿各地方言与说唱艺术，塑造的角色生动逼真、活灵活现。

代表作：长篇评弹《啼笑因缘》。

1933 年 2 月出生于江苏常熟；

1948 年，开始学艺生涯；

1951 年，拜“巧嘴”姚荫梅为师，再学《啼笑因缘》，逐渐形成了活泼风趣、轻巧多姿的书风；

1986 年 12 月，赴香港出席第七届国际布莱希特研讨会并做学术性演出，把评弹艺术推向世界；

1998 年，蒋云仙与评弹名家唐耿良先生喜结连理，定居加拿大，多年来一直在海外积极地弘扬中华文化。

JIANG
YUNXIAN

【访谈对白】

学方言要研究要领，别怕说不像

蒋云仙：我的书是外国人都听得懂的。

王汝刚：因为说方言、起角色，动作性比较强，您的名作《啼笑因缘》实在是好。不要说评弹界了，曲艺界、滑稽界都喜欢听的，听众非常喜欢，特别是《车站送别》，这段方言好得来，是滑稽戏演员拿来研究学习的好素材。

阎华：蒋老师，我看《车站送别》里面，您一个人说了这么多方言，您当时怎么学的?

蒋云仙：不要怕说得不像，有几趟我乘三轮车回去，有个苏北工友喜欢说话，跟我攀谈："我回到家，我的老婆，宵夜做好了，我到家要吃点心了。"我说："你们相敬如宾，好啊，你福气好啊！"开始说得蛮好，到后来他板起面孔了："啊唷喂，你在学我呀！"说我在学他，当我看不起他。我说你不要误会，我是向你学习，我是一个演员，我要学方言。"哦，这个样子啊！"他当是笑话他。所以我们学方言要找准对象，就找小孩，小孩他不会笑你的，对吗？你比方说你要研究要领、特点，就说常州话和宜兴话很难分，一个是开口音，一个是闭口音，常州人吃晚饭："你到我家里来吃夜饭。"嘴巴张开。宜兴人闭口音："那么你到我家吃夜饭。"晚上叫"夜"的，"吃夜饭"。你就是要知道他们的要领。

我是不会忘记《旧货摊》的

蒋云仙：我人缘好，那时候，周柏春，我叫他胞兄的，什么道理呢？我们两个人有像的地方，两条眉毛都是倒挂的，叫"八点二十分"，在演员进修班的时候，他问我抄《旧货摊》。那时候是保密的，只有他，胞兄，你要，总归一句话。《旧货摊》他拿去后，改成《废品收购站》。我不保守，沪剧界陆敬业、马莉莉，他们的《啼笑因缘》是我去辅导的，马莉莉的《黛玉悲秋》里的一段北方大鼓也是我辅导她的，一分钱也不拿的。

王汝刚： 大鼓书是蛮难唱的，尤其是我们南方人要学会是不容易的。

蒋云仙： 我说给你听，我一个北方大鼓曾经唱给骆玉笙听，她评价说很有味。

王汝刚： 是哪一段？

蒋云仙：（唱）秋风秋雨奄秋光，秋草秋花带秋霜。

王汝刚： 我们原来有句话，叫我们的曲艺不过长江，因为语言问题，滑稽戏、评弹过了长江以后有语言隔阂。但您厉害，不仅全国走，而且又到国外去传承评弹艺术。说到这个问题，我不由想起来了，黄佐临先生对您非常推崇，而且把您作为范本，带您去香港参加了国际布莱希特会议对吧？

蒋云仙： 对，第七届国际布莱希特研讨会。我就说一回《逛天桥》，为什么呢？因为开始的时候就是用各种口技，口技是没国界的，对吗？能够沟通，先用口技，到后来就是各种杂耍，小贩叫卖声。在短短几分钟，要把天桥五方杂处，很多热闹的场景描绘得栩栩如生。

王汝刚： 就靠一张嘴，热闹得不得了。

蒋云仙： 接着就来一段《旧货摊》。你知道，外国人他是听你技巧的，他不懂你说的破洋伞、旧皮鞋，他听不懂的，脱底套鞋弯喇叭，他听不懂的，他看到你有技巧，唱到后来，外国人拍手、蹬脚。

王汝刚： 那现在这段《旧货摊》还记得多少？

蒋云仙：《旧货摊》不会忘记的。

王汝刚： 来两句试试看。

蒋云仙： 我唱到哪里是哪里。

（唱）旧货摊浪有点啥 让我一样一样唱明白
破洋伞 旧皮鞋 脱底套鞋弯喇叭
朝靴钉靴竹衣架 自来水笔阔背带
揨不倒 苍蝇拍 角蜢笼子宽紧带 麻将骰子挖花牌
烟筒头 铜钮头 脚踏车铃糊刷帚
广勺柄 铲刀头 针线藤匾帐扎钩
酒竹端 油漏斗 香烟灰缸状元筹
纱外套 花箭衣 蛀虫索落哩啯老羊皮
断木梳 豁篦箕 玻璃灯罩臭象棋

油面搭 飞虎旗 灯笼底坨饭筲箕
打满补丁花单被 断脱发条㨃留声机
一捆旧书乱勒哩㨃网篮里
铁钥匙 铜铰链 榔头凿子老虎钳
吸铁石 古老钿 筷唔厨笼坏气垫
手提箱 丝褡裢 电灯开关旧花线
铁锈洋钉白铜钿 只剩只壳子也算俚无线电
木茶盏 铜饭碗 镃钻料钻骑发簪
旧牙刷 油单扇 小囡马桶痰盂罐
碎砚瓦 破汤罐 烟筒脚炉蜡扦盘
铁风圈 多层盘 煤头竹管烟磨碗
和尚帽子道士冠 小竹交椅铁门闩
钝剪刀 坏手表 黄杨如意烟荷包
竹挖耳 一粒焦 鞋拔板刷烟灯罩
破手套 剃头刀 眼镜壳子铜笔套
算盘珠 钎脚刀 断丝灯泡铜藕刨 洋刀铲子石胡桃
破毡帽 发禄单 脱漆棚架砧墩板
木鱼椎 镬干盖 火夹线板麻叉袋
断链条 豁线板 孵面手巾象牙筷
鸟食缸 花围绕 帐竿竹上旧长衫
围身袋袋竹考篮 称梗夹剪抽屉配

王汝刚：感动，拥抱您！了不起，了不起！您可看到，我的眼泪也出来了。85 岁，了不起。

蒋云仙：当时我唱完下台，黄（佐临）老师抱着我，我说："老师，还可以吗？""什么可以，太好了，出乎意外地好！"

【节选自《闲话上海·阿王拜年》访谈实录】

2018 年 2 月 21 日《新闻坊》栏目播出

【记得一二】

“大块头”蒋云仙和《旧货摊》

欣赏艺术的口味随着年龄会变。记得小时候在无线电里听评弹，喜欢听评话，听到三弦琵琶一响，就不大开心了。在我看来评话就是用苏州话讲故事，而且所谓“大书”，不是帝王将相就是江湖豪侠，充满阳刚之气。相比之下弹词作为“小书”，唱来唱去无非是“私定终身后花园，落难公子中状元”，儿女情长有什么意思呢？但随着年龄的增长，听评弹的口味来了个180度的大转弯，弹词听得多而评话听得少了。从“少年不识愁滋味”到“却道天凉好个秋”，只有评弹是始终相伴的。少年时虽然不喜欢听弹词，但有一位名家是例外，只要她一出现，原来糯嗒嗒的弹词马上有了不一样的感觉，她的唱不拘一格，调子可以根据书情随时变化，人称“什锦调”；她的说南腔北调，各地方言都像模像样；她的表演活龙活现，一出《啼笑因缘》，从军阀到学生，从侠女到喽啰……个个活脱活像。人如其名，她有那么股子“仙气”，她就是蒋云仙。

之所以想起聊聊蒋云仙，是因为最近买了一本她的口述传记《凌云仙曲》，由蒋云仙晚年伴侣唐耿良先生的儿子唐力行等整理。这本书薄薄的，200页出头，但内容非常丰富。和她的表演艺术一样，蒋云仙快人快语，她是怎么从一个大户人家的小姐变成说书艺人的，早年在“钱家班”学艺时又是如何地艰辛，到后来成名成家以后的种种事情，以及她对艺术的见解和她自己生活中的烦恼和欣慰，说得都很透彻，不愧是一位坦荡不做作的女艺人。

蒋云仙1933年出生于常熟，祖上当过大官，原来的家境不错，抗日战争爆发后家境没落，她于1948年到“钱家班”学艺，艺名钱云仙。在钱家班里蒋云仙的业务非常出挑，有的人唱了几年还只会几只开篇，她却好像天生是吃说书饭的料，学了一个月就能上台表演，十六七岁就成为“上手”了。新中国成立后，钱家班的班主钱景章被镇压，钱云仙改回原来的姓，“蒋云仙”就此成为一大响档。钱家班虽有种种问题，但在培养人方面还是有一套的，徐丽仙、侯莉君和蒋云仙等都是赫赫有名，其中徐丽仙和蒋云仙更是一生的挚友和“闺蜜”。

蒋云仙最主要的作品是《啼笑因缘》，在钱家班她跟的是朱耀祥的儿子朱少祥，后拜姚荫梅为师。姚荫梅是个干瘪老头子，而蒋云仙蛮有福相的，他们说的《啼笑因缘》当然有区别。按照蒋云仙的说法，她能拜姚荫梅为师是不容易的，因为蒋云仙在观众中很有影响，当时还没有评弹团，演员都是单干，姚荫梅也会担心蒋云仙影响他自己的业务。蒋云仙在书里认为自己的《啼笑因缘》和姚荫梅各有特色，论唱，她觉得自己嗓子比老师好，音域更宽，而且书里的京剧、大鼓、老歌新歌都能唱；姚荫梅呢，相对来说没有那么“活”。如果倒推二三十年，我会同意蒋云仙的说法。但现在听来，我觉得老先生的书沉得住气，相比之下，蒋云仙略夸张一点儿，可能也是我个人心境的变化吧。

蒋云仙的第一段感情是和说书艺人陈继良，在风起云涌的大时代，艺人由于很多无奈的历史原因分开了。第二位伴侣是专业军人，跳芭蕾舞的，还是不如意，也分开了。蒋云仙在书里感叹：钱家班的女孩，婚姻几乎没有美满的，她最要好的徐丽仙更是苦得涔涔渧，唱到“梨花落，杏花开，桃花谢，春已归，花谢春归郎不归”时，都要流泪。

1997 年蒋云仙去加拿大温哥华演出，在那里遇到说《三国》的唐耿良。唐耿良比蒋云仙大 13 岁，辈分也比她高，蒋原来看到唐是喊“阿叔”的。一个丧偶，一个单身，两人走到一起。为此唐耿良曾赋诗一首：六五新娘七七郎，萧萧两鬓入洞房。啼笑因缘配三国，沈凤喜嫁诸葛亮。

如今唐耿良先生也故去好多年了，蒋云仙和家人住在加拿大，安度晚年。写

年轻时的蒋云仙

蒋云仙（左）与徐丽仙

下回忆录，让读者更多了解她的艺术和人生。对自己曾经的老师钱景章，她在控诉其罪行的同时，也进行了客观评价，尤其在推动女子说书方面的贡献，不讳言。对特殊历史时期一些艺人的遭遇，她充满同情，字里行间洋溢着热烈的情感，从中可以读出深刻的历史感。

蒋云仙的《啼笑因缘》中精彩的唱段很多，其中最经典的非《旧货摊》莫属。短短几分钟，把旧时代旧货摊中的货物用绕口令的形式报一遍，无论说功和唱功都让人惊叹。我听过姚荫梅演唱的版本，相对“温”一点，而蒋云仙的版本则完全是靠一口气、一股劲。《旧货摊》的词编得也很精彩，苏州大才子陆澹安的作品，果然是不同凡响。

周 力

资深媒体人

评弹爱好者

蒋云仙与丈夫唐耿良

蒋云仙在加拿大家中

“独乐乐”还是“众乐乐”？陈家泠肯定选后者

画家，中国国家画院首聘研究员，上海大学上海美术学院教授，上海大学上海美术学院理事会理事。其画作既继承了海派绘画的传统，又融合了中国古代的壁画及多种西方美术风格流派，成为一种现代国画的新风格。

1937年出生于浙江杭州；

1963年，毕业于浙江美术学院（现中国美术学院）中国画系，师从名画家潘天寿、陆俨少；

1983年，任上海大学美术学院（现上海美术学院）中国画系教授；

1986—2017年，在全球20个国家地区的博物馆、美术馆、艺术中心及著名画廊举办画展和联展；

2014年，大型纪录片《陈家泠》在意大利罗马国际电影节首映，后又在多个国际电影节展映，获3项最佳纪录片大奖；

2019年，中国国家博物馆《陈家泠艺术》大型画册出版。

【访谈对白】

有位好老师帮你“精加工”，你就变精品了

王汝刚： 一样是画画的，您的画和别人的画是不同的。您读书是在杭州读的，对吗？

陈家泠： 我是杭州人，在杭州读书，那个时候到上海来，是党叫我到哪里去就到哪里去。我 1963 年分到上海，那时候 26 岁，是个年轻小伙子，所以当时的思想状况一下子开阔了。对上海，我的了解是一个大都市。你看，穿的衣服都是西装，老师雪茄烟抽抽，这蛮新奇的。而且到上海来最主要的，可能是两方面，一方面是思路开阔了，另一方面是碰到了一个好的老师，就是陆俨少老师。学校里面出来，刚刚“成型”，需要一位好的老师帮你“精加工”，你就变精品了。

刘晔： 那么陆老师在什么方面指点过您？

陈家泠： 什么叫指点？每天去看他画图就是指点了。那个时候，刚好我有比较充裕的时间，所以有机会，每天到他家里去看——这种状况差不多持续了 8 年左右——看他如何画图，一有空就去看。为什么我进步这么快，白天看他怎么画山水、线条。吃过晚饭后，有时候学校里的老师、学生做模特，每天画图。我的技术就是这样练出来的，把陆老师画山水的线条，画到人物当中去，陆老师给我“发功”，对传统技法有很大的提高。但是我还有一点和人家不同，就是色彩上面有了变化，所以像我的《红叶小鸟》，色彩比过去的画家用得更加多了。因为现在是一个光的时代、是一个色彩绚丽的时代，光是墨色就不过瘾了。我在上海接触了很多的颜料，不管是西洋颜料还是中国颜料，都丰富了中国画的色彩。所以我经常打比方，就是说中国画水墨为上，格调是高的、是好的，但是我们要发展，时代在变，过去的中国画，好像是黑白电视机，但是我们已经“发明”了彩色电视机了，我的画就是色彩运用得比较多，好像现在的彩色电视，容易被人家接受。

把一般人“看不懂”的中国画推向世界

陈家泠：潘天寿老师那个时候还是（浙江美术学院）院长，他对我最大的影响，就是大方向帮我掌握好，而不是细节。这个大方向就是说，作为一个民族，如果没有代表自己民族的一个文化符号，你就不能立足于世界之林。这句话到现在也是我的创作大方向，像我们画国画能够不离不弃，坚持到现在，就是因为这句话。什么道理？你要知道刚刚开始的时候，人家都喜欢西洋画，不喜欢国画，对吗？为什么呢？西洋画有色彩、有透视，好像照片一样，人家容易看得懂。国画阳春白雪，没有经过训练是看不懂的，都是黑白的，人家都说要“黑白为上”，一般人不能欣赏，它曲高和寡。像昆曲，人家蛮难接受的，因为它高深，它都是文言文，而且它的语言是变形过的，人家不懂的。人家总是喜欢话剧，容易听得懂，对吗？再反过来看，我们的文化本来就有高度了，所以潘天寿这一句话对我们影响蛮深的。

王汝刚：我刚刚说陈老师还拍过电影，现在我懂了是什么意思。您用多种现代化手段，把我们中国画推向世界。这电影是拍了三年对吗？

陈家泠：拍了三年，对的。拍《陈家泠》这个纪录片，也是一个偶然的机会。有一次我们到加拿大去写生，活动主题是“中国艺术家眼中的加拿大”。回来之后，电影厂的徐厂长就说了，我们这个活动搞得蛮成功，是不是再玩一个新花样出来？

陈家泠在作画

陈家泠肖像

那么我就说了，你是不是帮我拍一部电影算了，大家来玩玩，对吧？他说好的，我们可以试试看。觉得拍我，相对来看比较好玩。怎么好玩？第一，我的画中有人物、有山水、有花鸟，丰富多彩；第二，我的年龄段，可以经受得起电影的“折磨”。因为我自己知道，电影是艺术片，不是单纯的纪录片，拍得不好要重来的，体力上很考验人，没有体力不行的；第三，你要拍得好，一定要到真山真水当中去，年纪太大跑不动，像我年轻才跑得动。所以我去拍这个电影，我跑过衡山、嵩山、桂林、珠穆朗玛峰。

王汝刚： 您还跑去了西藏？

陈家泠： 去过，为了拍电影去西藏。片子里面有12处名山名水，跑了很多地方。所以这部片子，既是人文片，又是艺术片，又是呈现祖国大好河山的风光片。这部电影第一次在罗马电影节放映之后，全场鼓掌五分钟，观众都是意大利的小青年。你看，他们都看懂了，他们认为这部片子代表了中国文化，尤其是中国的国画或者水墨画，对西方人做了一个中国画的启蒙教育。

每场画展都是新主题，一个人表演“没劲”

王汝刚： 所以您看到这么多的观众都喜欢您的作品，您也很开心。

陈家泠： 我每一次画展作品都是新作品。如果我每一次都是老作品，人家谁来看呢？都是看过的，所以每一次都是新作品。带着一种好奇心，还带着一种悬念，看看陈家泠这次又有什么新花样了，那么人家就要来看了。像我这种举措要创新，要深入生活，不断地创作出好的作品，就是群众所需要的。我想你也是一样的，你的作品大家都来看，你一开心，你就发挥出来了，如果你一个人在台上表演，你会觉得没劲。

【节选自《闲话上海·阿王拜年》访谈实录】
2019年2月10日《新闻坊》栏目播出

【记得一二】

怎一个“玩”字了得?

很多人都知道陈家泠酷爱麻将。十多年前，上海美术馆策划一个水墨系列画展，要我推荐一些画家，我提了陈家泠，不料策展人犹豫道：“他整天搓麻将，有空画吗？”我说：“放心，只要他答应做，就一定会画出来，而且会很配合。”

有的人干点儿活，恨不得让全世界都看到；陈家泠却是经常让人看到他在玩儿，在呼朋唤友，偏偏很少让人看到他在画画。

以至于外界传说他画画有秘招，怕被人学去了。懂画的人明白这是外行话，江湖画家才依赖一两个秘不示人的“绝招秘技”，真正的艺术家根本不屑。毕加索对着电影摄像机画画，展示他创作的思路和变化莫测的灵感，让你学，你也未必学得了。

就算在对麻将最发烧的那个阶段，陈家泠也没耽误过画画。他那时通常是这样安排一天的：通宵打麻将——天亮“麻友”散后骑车去画室画画——中午回家吃饭并睡觉——晚上继续呼朋唤友打麻将……

不过打麻将也救过陈家泠。前些年，他在画室创作大幅作品，站在凳子上调整纸张时摔了下来，腿骨骨折不能动弹，手机遥不可及……幸亏他约了“麻友”来接他去搓麻将，而且房门没关。

在华山医院换了人工腿骨后，陈家泠又没心没肺地山照爬，舞……不会跳。不过，他对麻将的热情有所收敛了，一般晚饭后玩一玩就睡觉了：“毕竟80多岁了，摔一跤也是老天提醒我。”

陈家泠是我所认识的画家中最能吃苦，也最经得起折腾的。80多岁了，他还能走遍三山五岳四圣地另加一众红色圣地，画了大量速写，回来创作了不同系列的巨幅作品，在国家博物馆先后举办了两次大型个展。

他还有一件很风光的事，2014年去罗马电影节走了红毯，带去了贾樟柯监制的纪录片《陈家泠》。这部纪录片还获第35届夏威夷国际电影节纪录片成就奖等多个奖项。风光归风光，拍电影是件非同寻常的苦活儿，尤其对七八十岁的老人来说。他为了拍这部电影，还深入西藏阿里无人区。

凌启宁女士曾跟我说，她在浙美读书时，陈家泠是比她们大不了几岁的老师。他精力太旺盛了，带着学生去爬山写生，而且非要选雨天出行，说那样的景色才有画意……“真把我们累哭了。”

老当益壮经得起折腾很大程度归功于遗传基因。陈家泠在浙江美术馆举办个展时，由他那百岁老母亲上台剪彩，据说这个百岁老太太生活自理，不要别人照顾。“难怪他的精力如此旺盛！”看到他老母亲时，许多画家同行都释然了。

不过我觉得也不仅仅是遗传基因好。有一年我和陈家泠等一众画家去印度，同行许多人因为吃了不洁食品上吐下泻，而陈家泠等几位老画家却宛如神功护体，丝毫不受影响。他笑道：“我们小时候吃过的东西比这还脏呢，早就有了免疫力！”

今天的国人中，还有几个经历过日本飞机扔炸弹的？陈家泠经历过。幼年在炸弹声中奔跑过，还怕吃苦吗？

陈家泠经历过许多艰苦的岁月，也幸运地遇上了好的时代。甚至可以说，在他的生命中，艰难与美好相伴而生，呈量子纠缠状。

吃过苦的孩子长大后，有的会变成守财奴，而陈家泠恰恰相反，大有千金散尽还复来的豪迈。为了自己的艺术事业，他可以把刚刚卖画所得的千万之资，毫不犹豫地花光在自己的画展上。“独乐乐”还是“众乐乐”？陈家泠肯定选的是后者。至今人们还在传说他曾包机邀请朋友去看画展。在传说大多不靠谱的情况下，这传说还是比较靠谱的，虽然不是包机，但从邀请人数来看，却也有过之而无不及了。

不过陈家泠在生活中几乎没什么兴趣爱好是需要花大钱的。对那些别人津津乐道的奢侈享乐，他完全无感。他穿衣不讲究。家人买啥，朋友送啥，他就穿啥。杰尼亚西装配海螺牌衬衫，爱马仕裤子配破皮鞋是常有的事。吃也不讲究，不抽烟，过去还喝点儿酒，但不在乎酒好酒坏，现在基本不喝了。除非是在外面请朋友吃饭，否则就是梅干菜红烧肉、油面筋塞肉、番茄蛋汤这几个家里烧的菜，顿顿吃，永不厌倦。

能让他提起精神来跟你滔滔不绝的，就是谈他近来对艺术的感想。麻将呢？兴趣当然还是有的，但一旦谈起来，他还是会从麻将之道联想到艺术之道，从艺术之道而感慨生命密码。

他说自己过去不大会发言。但是现在，你让陈家泠演讲 3 个小时，他都不用打草稿设提纲。

年纪大了，想法就少了，这条规律在陈家泠身上不奏效。

艺术，本就是人类突破习惯性思维的利器，艺术家的人生轨迹岂是寻常巷陌？常常把“玩玩”放在嘴边的陈家泠，又怎一个“玩”字了得？

林明杰

艺评家

资深媒体人

陈家泠与林明杰合影

童年“天书”取自民间，搞出中国动画“自己的味道”

动画导演，编剧，美术设计师。
代表作：《金色的海螺》《草原英雄小姐妹》《天书奇谭》《邋遢大王奇遇记》等。

1926 年出生于江苏扬州；
1954 年，被选拔到捷克布拉格工艺美术学院动画电影专业学习，成为新中国第一代动画专业留学生；
1964 年，在万古蟾执导的剪纸片《金色的海螺》中任副导演，该片获第三届印度尼西亚亚非电影节卢蒙巴奖；
1965 年，与唐澄联合执导动画短片《草原英雄小姐妹》，该片获第二次全国少年儿童文艺创作三等奖；
1983 年，与王树忱联合执导动画电影《天书奇谭》；
1986 年，独立执导的动画短片《女娲补天》获法国圣罗马国际儿童电影节特别奖；
2012 年，执导的动画电影《邋遢大王奇遇记》上映；
2021 年，修复后的《天书奇谭 4K 纪念版》首次登陆全国大银幕。

闲　话　上　海

【访谈对白】

我要做中国自己的动画电影

钱运达: 1954 年我本来应该到苏联去学画。后来说需要人去捷克那边学动画，我说我没搞过动画，考试的老师吴作人说你原来画过连环画，多画几张就是动画。

王汝刚: 他是要动员您去学动画。

刘晔: 那时候您到捷克学动画，您对动画有概念吗?

钱运达: 我学的专业就是动画和木偶电影。那时候就是服从国家分配，国家要你学什么就学什么。

刘晔: 那您一开始去的时候碰到什么困难吗?

钱运达: 开始是生活不习惯，语言也不习惯，各方面环境都不习惯。先要学捷语，讲捷克话。学会以后就比较方便了。

王汝刚: 对，所以您到现在，捷克语还讲得很好。

钱运达: 到底在那里待了 5 年。

王汝刚: 捷克的动画和木偶很出名。

钱运达: 对，比较出名，在国际上有一定的地位。它的动画和木偶电影在国际上多次得奖。

王汝刚: 我对《好兵帅克》印象特别深，这个人物在捷克是不是家喻户晓?

钱运达: 《好兵帅克》捷克语就是 Dobry vojak Svejk，当时蛮流行的，比较受欢迎。

王汝刚: 我听说您毕业要回国的时候，您的捷克老师来送你们，说了一番话，您还记得吗?

钱运达: 他说美术也好，电影也好，艺术都要有民族特色，这一点很重要。捷克虽然是个小国家，但他们很注意民族的特点。他让我回去以后，一定要搞我们中国的东西，要有中国特色、民族特色，让世界各地的人更加了解中国。

导演万古蟾（右）、副导演钱运达（左）和青年设计人员胡进庆（中）在研究《金色的海螺》的人物造型，新华社记者林慧摄

做作品就是三个字：奇、趣、美

钱运达： 我们的老厂长有一个要求就是，我们不重复别人，也不重复自己，每一次都要有创新，美影厂就很强调创新。大家研究怎么样有新东西，有各种各样的说法和理论。当时我们厂里有一个同志就提出来，他说其实就是三个字：奇、趣、美。比方讲，海螺那个裙子一条一条的，要刻得很细。当时大家不会，就跟民间艺人学习，他们就有一个蜡盘，用香灰、羊油调在一起的，然后用一个木框子把它嵌在里面，再用小刻刀细刻。小刻刀要很小，没有的话就自己做，就用钟表发条的钢，把它掰断磨尖，弄两个竹片把它夹起来，插在一个铜管里面，自己做刻刀，都是自己研究的。后来大家就在蜡盘里面练兵，年轻人练兵过关，大家比赛，看谁刻得好、刻得快，大家都很有热情，白天夜晚都在干。

刘晔： 您还有一部经典作品叫《邋遢大王奇遇记》，是真人和动画结合的。

钱运达：（唱）小邋遢，真呀么真邋遢，邋遢大王就是他，没人喜欢他。忽然有一天，小邋遢变了，邋遢大王不邋遢，我们大家喜欢他。那时候大家都很有兴趣，觉得搞点小玩意儿，又有动画，又有真人，真人跟动画相结合。

刘晔：那时候看的动画片里都是好孩子，顽皮的孩子很少。怎么想到写“坏”孩子的?

钱运达：我们创作《邋遢大王奇遇记》那时候，编辑绫纾就住在我家隔壁，他的小孩子就被说好邋遢，然后他就想出来搞个“邋遢大王”。

王汝刚：我们现在说生活垃圾的分类，其实《邋遢大王奇遇记》这个作品稍微修改一下，或者就直接拿出来给大家看，对小朋友了解垃圾分类也有启发的。

搞美术片就是在不正常的东西里面，写出正常的道理

钱运达：《平妖传》里面有一段蛋子和尚和狐狸精的故事，有这个由头，然后就编出了《天书奇谭》。一个狐子，一个狐母，一个狐女。狐女是比较漂亮受欢迎的，狐子戆头戆脑的，狐母是狡猾的。

刘晔：怎么设计的?

钱运达：那时候就想要和以前不一样的东西，要搞出我们自己的味道来，就动脑筋想各种方法。后来找到了南京的一个画家，他叫柯明，他能够搞出民间艺术的味道。我们既要有民间艺术的味道，又要有中国味道，还要有表现力、有性格，搞了以后大家一看都很高兴，觉得他这个人物设计符合片子要求，将来能够受欢迎，于是就采用了。

刘晔：所以里面的人物每个都不一样，每个人都很有特点，观众看一眼都能记住。

钱运达：阿拐就是跛子，他不能够正常地走，就是跳啊跳的。搞美术片就是在不正常的东西里面，写出正常的道理。这样人家就愿意看。这就告诉我们，要在创造里面动脑筋。

【节选自《闲话上海·阿王拜年》访谈实录】

2022 年 2 月 1 日《新闻坊》栏目播出

钱运达在《天书奇谭》首映式上

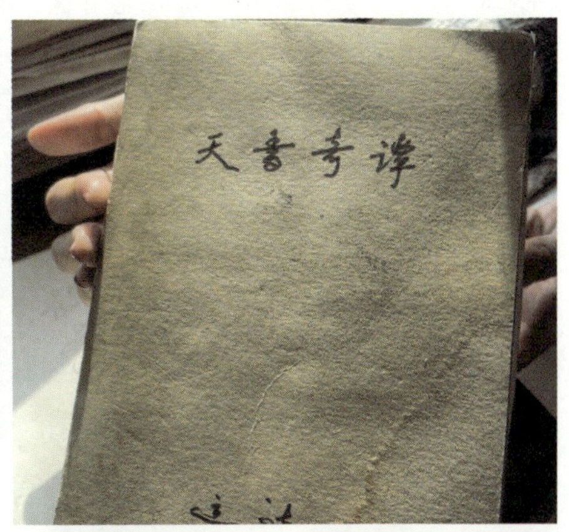

钱运达在翻阅 30 多年前的手绘导演台本

【记得一二】

童心依旧未泯

第一次拜访钱老，我和同事们从进门就开始道歉。拍摄当天，我们原本和钱老约好中午到达，但因为其他工作的耽搁，到达时间比约定晚了半个多小时。到达钱老师家后被告知，原来钱老为了配合我们的采访，上午吃过早餐就在家早早等候准备，他还放弃了自己午睡的习惯，生怕我们摄制组等他。得知此情况后，我们摄制组惭愧不已，连声道歉。见此景，钱老还安慰我们："不要紧，你们赶过来辛苦了，来吃点儿水果喝点儿水。"

钱老的家和我预想中的不太一样，并没有很多奖杯、字画、照片，哪怕是他自己的作品，也都没有拿出来展示，简单、朴素，一点儿都寻觅不到一位中国著名动画导演的踪迹。

采访过程中，我印象最深的就是钱老的笑容。尤其是谈到他创作的动画作品时，开口前他总是先挂上笑容，再慢慢讲他的创作经历。钱老笑起来的时候，眉毛会划成一个弧形，眼睛眯成一道细细的弯，嘴角上扬露出牙齿哈哈一笑，非常有感染力。我在采访的过程中，好几次都被他的笑容所感染，甚至忘记了此刻我正在工作，有点儿出神。我也在问我自己，为什么呢？后期剪辑的时候，我突然意识到，原来是因为钱老的笑容如孩童般纯真、灿烂！岁月可能会带走很多东西，但是印刻在他心底的那份童真并没有随时光淡去，此刻的出现，越发显得珍贵。

采访结束时，钱老提议大家到他的书房看看。钱老从抽屉里拿出一个陈旧的铅笔盒，打卡一看，里面全都是绘画工具，很多工具都是钱老的"私人定制"，比如用竹片和钢片自制的小刻刀、用香灰羊油做成的蜡盘等。那天天气很好，阳光透过玻璃窗洒在书桌上，桌上堆满了书和绘画稿纸，我随口问了一句："您的《天书奇谭》手稿放在哪儿了？"钱老指着一堆书说："应该在这儿吧，你翻翻。"手稿真的是在一叠杂书中，我抽出《天书奇谭》的手稿，这一刻，我觉得我好像就是蛋生本人，取得了天书，如获至宝。手稿封面有些破旧，纸张也有些许泛黄，打开一看，里面包含了所有的分镜头画面，包括修改的甚至删减的痕迹；需要音乐的画面上还有手写的乐谱……30 多年前的手稿就在手中，我的内心是非常震撼的。我问钱老：“怎么不把手稿存档？”钱老微微一笑：“看银幕就可以了。”这一刻，我好像明白了，为什么时隔 30 多年，我们会再次走进影院重温《天书奇谭》，我们并不只是为了怀念童年，而是要告诉自己，别忘记童年那份纯粹的爱——因为热爱，所以坚持；因为坚持，所以热爱。

刘 晔

《新闻坊》《闲话上海》主持人

钱运达与《闲话上海》主持人刘晔合影

不要问她从哪里来，
她就是一只来自东方的“夜莺”

歌唱表演艺术家，国家一级演员。

1937 年 4 月出生于山东济南；
1960 年，毕业于同济大学建筑系，即以特殊人才身份调入上海歌剧院，后入上海音乐学院进修；
1965—1974 年，在上海舞蹈学校工作，因伴唱芭蕾舞剧《白毛女》中“喜儿”一角蜚声歌坛；
1974—1976 年，担任中国艺术团主要独唱演员，被盛赞为“东方的夜莺”；
1976—1985 年，先后在上海芭蕾舞团、上海歌舞团担任主要独唱演员及艺术指导；
1985 年，创建中国首个轻音乐团——上海轻音乐团，并先后担任首任团长、名誉团长、艺术指导；
2000 年后，淡出歌坛，以培养歌唱人才和声乐教学为主。

【访谈对白】

我被“胎教”了两年

王汝刚：您原来是同济大学高材生，是学建筑的，后来怎么会去唱歌？

朱逢博：我在同济大学学了 6 年的建筑学专业，有一天晚上我和同学们一起画图，觉得困了，就边画边唱歌。我这一唱，大楼里面就都听见了，他们就说，同济大学出了个唱歌的。后来不知道怎么，电视台都知道了，过来采访我。

王汝刚：我觉得您是实至名归。我看过您很多歌剧表演，您自己印象深刻的是哪个歌剧？

朱逢博：《刘三姐》印象比较深，因为演的时间很长。另外《社长的女儿》这个剧比较受欢迎。

王幸：朱老师，您那时候去的是歌剧院，怎么后来又被舞蹈学校借过去了？是去做《白毛女》舞蹈的伴唱吗？

朱逢博：对。文化局里有很多文艺单位，哪里需要我，我就被放到哪个位置。这个单位新戏出来了，把我借过去，那个单位有戏排出来了，我又被借过去了。这样，我就待过三四个单位。歌剧院演《白毛女》，每个人的戏我都看。那时候我一天到晚都跟幕，帮他们拉幕，拉完以后走到幕帘后去看。王昆、郭兰英的演出，我都是在幕旁看的。这就是我的“胎教”，被“胎教”了两年。

大腕儿来指导我了！

王汝刚：那后来谁让您上台去演的？

朱逢博：王昆，她说那个小孩瘦瘦的，在那个地方干什么？其他人说我是跟幕的。王昆就问我说：“小孩，你在幕后干什么？”我说：“看你演出。”她问：“你会唱吗？”我说：“会唱。”胆子大吧？她说：“那你唱一个听听。”我说：“你那几首歌我全会唱。”王昆吓了一跳，她说：“你唱两个。”我唱了一个《北风吹》，一个唱《哭爹爹》。她说："你怎么跨度这么大？"从《北风吹》到《哭爹爹》，我又是眼泪又是鼻涕的，在那儿拼命表演了半天。我心想，大腕儿来指导我了。接着王昆就把我带到院长那里说："这小孩厉害着呢！要好好培养。"之后我就一直跟着王昆老师，就是拉大幕，看她演出，看她演出，拉大幕，一直到北京，她把我弄了去。

王幸：王昆老师惜才。

朱逢博：我一直跟班学会了《白毛女》这整出戏。回来后，我第一个戏就演了《白毛女》。

王汝刚：可以说先声夺人，《白毛女》幕布还没拉开，朱老师的声音就先出来了。我知道，唱过《白毛女》的人非常多，而且很多都是名家，比如说王昆老师、郭兰英老师。您那时候和她们相比，年龄上有差距，地位上也有差距。您胆子大的，居然把它唱下来了。

朱逢博：她们是"鼻祖"，厉害。

是那个风格寻找到我

王幸：您实际上不是民歌科班出身，一开始是唱歌剧的，但是您的唱法又和别人不一样，您是怎样慢慢找到自己的风格的呢？

朱逢博：是那个风格寻找到我。我原来就是唱民歌的，唱歌没有那么多框框，

年轻时的朱逢博

朱逢博与丈夫施鸿鄂

什么土的、洋的我都不懂。该怎么唱我就怎么唱，所以之后我就慢慢地形成了我自己的唱法，群众也接受了我的这种唱法。选歌方面，外国歌我也唱，中国歌、民歌、戏曲我都唱。

王汝刚：我觉得施鸿鄂老师对您也影响很大。

朱逢博：我完全是按照他的方法来练声的。

王汝刚：他指点您吗？

朱逢博：他当时是歌剧院的副院长，也是我们声乐教研组的组长。我是他的学生，他经常会“教训教训”我，这个也不对，那个也不对。他每次把我叫去上课，上完课就说：“你走吧。”我是想怎么唱就怎么唱的，他气昏了。每次上课，他都抱着很大的希望，从练声开始教，一到唱歌，他就越听越听不下去，最后来一句“你走吧”。我买了意大利歌剧集，想到他那儿去提高，他说：“你拿这本书干什么？这和我们这儿没什么关系，你放一边去吧。”但后来他就傻眼了，我唱《北风吹》《大红头绳》，我唱得很开心、很快乐、很有表现力。他听完后说：“是你给我上课，还是我给你上课啊？”心里不服气。

王幸：说不定他很喜欢您的唱法？

朱逢博：也许。他很欣赏我唱的歌，但是不服气，就会说“你走吧”。但后来，就是从“反感”到“傻眼”。

【节选自《闲话上海·阿王拜年》访谈实录】

2020年1月29日《新闻坊》栏目播出

【记得一二】

接受，随后努力（节选）

朱逢博的关门弟子、轻音乐团“80后”女高音丁一凡至今仍然觉得：“朱老师就像是我奶奶，就连我当初的男友也是让奶奶把关后，才成为我丈夫的。”但要学会奶奶的独特发声方法很难。“我们如果按她的声带位置发声，嗓子是吃不消的。但是奶奶一唱出来，就是感动人！”问朱逢博觉得怎样算唱得好，她的回答是：“感动人！”20世纪七八十年代，朱逢博有两年始终在北京，因为外交任务不断。西哈努克亲王来访时，周恩来总理就给朱逢博打电话，让她准备准备，去唱几首。1977年，她随团访问加拿大时，用法语演唱了一首《流浪的加拿大人》——这首曲目是根据1837—1838年的加拿大魁北克反抗殖民运动而写的，1842年写成，后来流传开来，成为多部电影的配乐。朱逢博现学了法语歌词，当场唱哭了很多加拿大听众。大家以为朱逢博会说多国语言，她谦虚道：“这都是因为唱歌而学的。我也是因为周恩来总理鼓励我坚持唱，我才唱下去的。”

早年的朱逢博

要请我一个，就要请一个团

1986 年 6 月，在朱逢博和屠巴海的呼吁下，上海轻音乐团成立，成为全国第一个，也是如今全国唯一一个轻音乐团，朱逢博则是创团团长。钱慧萍说："当时其实人家都是来请朱老师一个人去演唱，但她总是跟人家说：'要请我一个，就要请一个团。'于是我们呼啦啦都一起跟去了。"当然，当时的上海轻音乐团也群星荟萃——沈小岑、张庆、朱枫、肖霞、杭晨、孙美娜……钱慧萍回忆起当年："啊呀，请朱逢博老师的地方都会拉一条红色的横幅，朱老师的名字就写在上面。"那时，外地请轻音乐团去演出，一天要演三场，还供不应求。"我们简直像是'铁路文工团'——每次出行都要包一节车厢，和列车员一起在车厢里唱唱跳跳，可欢乐啦！"朱逢博也表示："当时大家都一条心，特别团结！赚了钱积极交给国家。"钱慧萍还说起一件轶事："当时，有辆公交车，到终点站前是路过万体馆的，但是只要我们在万体馆演出，这辆车的乘客就都在万体馆下车，几乎没人乘到终点站……"

时至今日，朱逢博依然是上海轻音乐团的艺术总监，钱慧萍也已经退休了："当年一起进团的只剩下唐峰，当年他年纪小，也就十七八岁。"此时，唐峰刚好路过化妆间，来与朱逢博老师打招呼。他的身形甚至发型，与当年没什么两样，但他已是演员队队长。

现在，朱逢博依然与她的三代学生"团进团出"。每逢教师节、母亲节、端午节等节假日，徒弟们就会拽师傅出门去唱卡拉 OK——肯定是先把朱逢博老师的代表作先唱上一轮，再各自发挥……他们几十年来都称呼朱逢博老师"老娘"！"老娘"这个词，蕴含了大家对朱逢博老师的敬畏与大爱。当年，朱逢博作为老师还是"蛮严格的"，对徒弟唱歌的要求精益求精。现在回想起来，朱逢博对这个称呼也蛮骄傲的："这是他们对我的爱称！"

朱光

《新民晚报》文体中心主编

朱逢博近照

SHANGHAI MINGPIAN

上海名片

闲　话　上　海

枪炮之下三渡黄河，棒里挥出生命交响

指挥家，国家一级指挥，上海交响乐团离休干部。

1925 年 12 月出生于江苏江阴；

1945 年参加新四军，入山东大学，后任部队文工团指挥；

1955 年，赴莫斯科音乐学院留学，师从著名指挥家金兹布尔克；

1961 年学成回国，担任上海交响乐团常任指挥；

1975 年，率上海交响乐团赴澳大利亚、新西兰、中国香港等地进行访问演出；

1981 年 2 月，应邀担任上海音乐学院客座教授，任教指挥专业；

1991 年 7 月，获国务院“表演艺术突出贡献个人”称号；

1997 年 6 月，被聘为交通大学兼职教授；

2005 年，组建上海城市交响乐团，并担任首席指挥；

2010 年 8 月，担任上海市学生交响乐团首席指挥。

鹏

CAO
PENG

海上有大家
HAISHANG
YOU DAJIA

【访谈对白】

我原来不叫曹鹏

王汝刚：您今年高寿?

曹鹏：今年实足年龄是 94 岁，过几天，过了年就是 95 岁。我小时候正好碰上日本侵略，但江阴人很勇敢，江阴号称“忠义之邦”。日本人灌输了一种奴化教育，他们到我们学校里放电影，我们在大厅旁的一个教室高唱抗日歌曲:“谁愿意做奴隶，谁愿意做马牛!”就这样唱，日本人拿着刺刀进来。所以江阴人很勇敢。那个年代过城门，一个日本兵、一个伪军都拿着刺刀要我们脱帽鞠躬，很受侮辱。我那时候小，不鞠躬，我脱了帽，就是不鞠躬。他们过来就给我一个耳光，把我的帽子扔掉了，还骂我。我到现在还记得，记住一辈子。

王幸：所以您走上革命道路了?

曹鹏：那个时候我们已经开展地下工作了，一直在唱抗日歌曲。组织同学的活动，我是领头儿的，说今天考试，我们全体交白卷。老师把卷子发下来，大家都不动，安静，突然我们几个人带头站起来，把那考卷拿起来往教室前面讲台上扔。看到几十张白卷扔过来，老师惊呆了。后来日本兵带了刺刀进来查，查谁带头，没有一个人说，要打要杀都不说，我真引以为豪。我原来不叫曹鹏。要革命就会有一张表格给你，立即改名，容不得想。好多朋友都把姓去掉了，我还有点儿“封建”，我想我姓不能去，把名字改了。临时想出来一个“曹鹏”，鹏程万里的“鹏”。为什么立即改名呢?因为我妈妈还在江阴老家，敌人要是知道你参加革命，去了根据地，家人就要受害，所以立即改名。

第一次指挥，我一边抖一边指挥

王幸：曹老师，音乐天赋是流淌在您身上的。您在革命区的时候，这种天赋肯定也表现出来了，是吗?

曹鹏： 我到了解放区以后，一直搞地下工作，一直没离开。我们一个政工队队长，也是我们地下工作的领导，叫林路，我北撤时，他写了个条子："曹鹏同志很有音乐天才，请各级组织注意培养。"这张纸跟了我一辈子。所以在解放军，组织就培养我进原来的华中建设大学，后来又北撤到山东临沂，我就进入了山东大学。音乐家张枚同志非常看中我，那时选指挥，我第一名，从此我就当上指挥了。张枚当时是团长，我们的军长是陈毅。军里开会，张团长说，今晚要演出，你要上去指挥，军令如山。我一上去，到现在还记得第一次指挥是什么样子。台下黑压压的几千名观众，我就从头抖到尾，一边抖，一边指挥，所以我第一次指挥就这样一个紧张的状态，后面我就放松了。

在敌人的枪炮之下，划呀，划呀

王汝刚： 曹老师，您指挥这么多曲子当中，《黄河大合唱》这部作品给大家印象相当深，您去过黄河吗?

曹鹏： 我自己三次渡黄河。第一次渡黄河，我们是北撤，北撤到威海，那个时候还年轻。船老大叫我们每边坐 20 人，胖的瘦的都要平衡好，否则要翻船的。这个黄河的水是洗不清的，我真的到黄河里洗过脚，全是泥。但是到了当中一段，非常清。这也是最危险的一段，船老大也非常紧张，让大家都不要动，边划边喊："划呀，划呀！"喊着冲过去了。我们都不敢动，怕一动船就翻了。因为浪翻滚着，所以我们对黄河的理解更深了。我在指挥《黄河大合唱》的时候，就感觉自己是在跟黄河做斗争，而且在敌人的枪炮、飞机和子弹下，我们时常处在这样的局面当中，我也更理解了。我指挥的时候，很深情地在那里，划呀，划呀，划呀！

交响乐，我们的幸福就在这里

曹鹏： 我在交响乐团时做过很多音乐普及工作。1962 年，我们到上海电缆厂，当时在军工路，我们去深入生活三个月。第一次开座谈会，老工人们都来了，我们问他们懂不懂交响乐。那个年代小提琴什么样子很多人都不知道的，你们知道老工人怎么讲？“交响乐，交关响的音乐，阿拉听不懂。”很生动！我们连夜改变曲目，用小提琴拉一个《洪湖水浪打浪》，我们说这是小提琴；长笛，就吹一个《十送红军》；小号，就吹一个《三大纪律八项注意》，然后告诉大家这叫小号。工人们喜欢呀，原来这是小号，那么嘹亮。三个月后，我们要回去了，又开一个座谈会，老工人怎么讲呢？“交响乐，是交关好听的音乐，阿拉欢喜的！”我们满意了，我们的幸福就在这里。

王幸： 所以您现在在做公益活动，和大学生、中学生在一起，是不是比以前更加忙了？

曹鹏： 我现在更加忙了，我以前为一个交响乐团服务，但是现在为所有的团服务。

王汝刚： 您 90 多岁的人，身体吃得消吗？

曹鹏： 我平常走路用拐杖，到了台上拐杖就丢掉，只需要一根指挥棒。我在台下，现在是 94 岁，我上了台就是 49 岁。

王幸： 您怎么养生的呢？

曹鹏： 我认为心要淡，心要平，我们要丰富自己的脑袋，而不是口袋。还有我的家庭非常和谐，因为都是搞音乐的。我夫人，你别小看她，她当年可是文工团唱《白毛女》里“喜儿”的，而我当时就是指挥。

【节选自《闲话上海·阿王拜年》访谈实录】
2019 年 2 月 3 日《新闻坊》栏目播出

音乐会中的曹鹏

父亲曹鹏

除了音乐厅和排练室，曹鹏最喜欢的地方是家里的工作间。他瘦削的身影隐藏在一摞一摞的书籍、乐谱和唱片里，偶尔露出几缕翘起来的花白头发，几声咳嗽和弯曲的手指敲打桌面的声音，吸引我凑近一探究竟。几十年来，四季更迭的背景里，不同年岁的父亲的身影重叠在一起，他似乎永远都在认真地修改着那一份份乐谱，看着那一张张贴纸，比画着用尺画出的一条条直线，每个声部的乐谱都通过他的手做出大量谱务工作，使演奏者一看即明了，随之，乐谱便化成美妙的音符钻进听众的耳朵，传递到心底。

在别人的印象中，父亲是可敬、可亲、严以律己的；在我的眼里，父亲是固执的老牛，是纯粹的孩童。总有孩子在排练时因为父亲在指挥台上犀利的眼神而不知所措，但父亲也总会在排练后留下来耐心、细心地为孩子单独辅导，解决问题。记得曾经有位专业乐队的团员说："你爸爸太了不起了，在排练的时候有一个音我吹不准，但是你爸爸告诉我用另一个指法来吹奏就能吹出来。果然！吹出来了！你爸爸以前学过圆号吗？作为指挥竟然每一个乐器的指法都一清二楚，我一辈子都难忘。"正是父亲对音乐的热爱，凡事认真的态度，追求完美的精神，感动了每一位他指挥过的乐队团员。

每逢过年过节，很多从学生乐团毕业的学生来看望父亲，他们毕业后就再也没有一个可以参加的乐队，纷纷恳请老爷子创办一个业余交响乐团。父亲非常明白，他说自己现在普及音乐，不是为了将来大家都能当音乐家，而是为了提高大众的音乐素质。他普及交响乐 60 余年，培养了三代乐手和观众，现在中断是何等地可惜！于是，2005 年，父亲创办了国内第一支业余交响乐团——上海城市交响乐团。记得乐团成立时，报名的人络绎不绝，还有来自日本、荷兰、德国、美国等国家的"老外"。他们有的每周坐火车背着大提琴来上海排练，有的专门把每周三晚上空出来、取消会议或改时间，即使在有橙色警报的暴雨天气里，大家依然从各处朝着心中的音乐殿堂汇涌而来，排练厅座无虚席。父亲从来没有缺席哪怕一次排练，去南模、去交大、去城交、去学交、去各个乐团……他的日程表永远满满当当，文字也化成跳跃的音符在日历上永不停歇。

2008 年，父亲听闻音乐可能对自闭症孩子们有帮助，他希望用音乐来改变这些患者和他们的家庭，便毅然发动团员，投身公益慈善，我当然全力支持。父亲在音乐上有一个理论：耳听为王。在乐队的演奏中只有认真仔细地听了，才能知道乐队中哪个“螺丝”出了问题。在自闭症患者的身上，父亲也坚信只要用音乐打开了他们的耳朵，他们就能理解，甚至开口说话，进而走出“封闭”，与外界交流沟通。他告诉我繁体字的“聽”字是“以耳朵为王”，通过耳朵进入心里，所以耳朵是打开心扉的桥梁。在英文里，ear（耳朵）+ h=hear，hear（听）+t=heart（心）。天涯咫尺，文字的语义是相互关联的，我们相信爱也可以让每个人彼此连接。父亲的善举，一做就是 14 年。

“行善播爱，立德于世”是父亲向我和妹妹夏小曹言传身教的家训。如今，我的儿子石渡丹尔也加入到行善播爱的队伍中，他追随着外公的脚印，接下了爱的接力棒。

曹小夏

曹鹏先生女儿

曹鹏与自闭症孩子

我愿为“麒派”艺术的未来尽心竭力

京剧表演艺术家，“麒派”老生，国家一级演员，第二批国家级非物质文化遗产项目京剧代表性传承人。
代表作：《狸猫换太子》《东坡宴》《宰相刘罗锅》《成败萧何》等。

1948 年出生于湖南，9 岁学艺，10 岁登台，师承方航生等，后又向著名“麒派”演员赵麟童、“杨派”演员曹世嘉学戏；
1994 年，代表湖南省京剧团，斩获第 11 届中国戏剧梅花奖；
同年，被借调来沪，参演新编京剧连台本戏《狸猫换太子》；
1996 年，正式进入上海京剧院；
2003 年 3 月，拜麒麟童之子、京剧“麒派”传人周少麟为师；
2004 年，上海京剧院创排新编历史剧《成败萧何》，并在上海戏剧学院实验剧院首演，陈少云饰演主角萧何；
2019 年，获第七届上海文学艺术终身成就奖。

CHEN
SHAOYUN

海上有大家
HAISHANG
YOU DAJIA

闲　　话　　上　　海

【访谈对白】

学戏，是我求来的

王汝刚：少云老师，您从小生活在长沙，学京剧是受谁的影响？

陈少云：受我父亲的影响，因为我父亲是唱武生的。他从小学艺就在天蟾舞台，艺名叫“七岁红”。

王汝刚：您爸爸一直在上海吗？

陈少云：不是，他们是做巡回演出，最后到了湖南。那边有地方戏，湘剧、花鼓戏都是地方剧种。他们很接地气，观众很多，但同时京剧在那儿也非常盛行，所以那边的京剧团很多。受此影响，观众看戏很踊跃，要不然他没法在那儿生存。

刘晔：所以陈老师您也有环境，小时候就可以去听戏。那么您小时候发现自己喜欢之后，肯定就想去学学唱唱，但是学戏是非常吃苦头的一件事。爸爸知道之后是什么态度？

陈少云：爸爸不让我学戏，他认为他那一辈学戏吃的苦头太多，而且成名率很低。那时候赚钱也不多，所以他不让我学戏，让我念书，我就一心想学戏不想念书。有时候星期六、星期天放假，小孩子们就会聚在一起模仿大人。比方说《借东风》《龙凤呈祥》、关公戏、包公戏，也跟着大人的动作来模仿。我们小时候最爱看武戏，《七侠五义》、猴戏、神话戏我们都爱看，所以受这些影响很大。我们从小就会唱，然后有时候我父亲拉着胡琴，我就跟着唱，他拉西皮，我唱西皮，拉二黄，我唱二黄。

刘晔：父亲不同意您学戏您怎么办呢？

陈少云：我就是哀求，哀求妈妈，妈妈好说话一点；又哀求我的奶奶、叔叔大爷，让他们在我家给我父亲做工作。我父亲再三说，你实在要学戏可以，但是我告诉你，学戏可是很苦的，你能吃得消吗，你怕不怕？我说，我不怕。你怕不怕挨揍？我说，我不怕挨揍。

留在上海，因为上海是“麒派”的发源地

王汝刚：第一次来上海您还记得吗?

陈少云：不是 1992 年就是 1993 年，那时我参加全国中青年京剧电视大赛。唱了一出《萧何月下追韩信》，唱了一出《宋江杀惜》。后来为了纪念梅兰芳、周信芳诞辰 100 周年，就把我从湖南借调到上海来参加这个纪念活动。之后，我参加了《鸿门宴》的演出。《鸿门宴》里我演张良，再一个是《狸猫换太子》，我演陈琳。这个活动举办完了以后，上海京剧院就把我留在这儿了。

王汝刚：因为这当中有一个情况，就是“麒派”很受大家欢迎。我们听老前辈说过去在上海，“麒派”是人人都会唱的，不要说有学问的，哪怕是拉黄包车的、小菜场里的，都会哼两句，非常受欢迎。“文革”以后，周信芳先生去世了。当时继承他的是他的儿子周少麟老师，周少麟老师在“文革”中也吃足了苦头。等到他在舞台上演出的时候，身体不好，岁数上去了，所以大家都为“麒派”的传承捏把汗。后来一下子发现了陈少云老师，就好像捡到了宝贝一样，大家都很欢迎，结果他来上海工作了，这在上海文艺界引起了很大的反响。

刘晔：您到了上海之后，生活习惯不一样，吃和用都不一样，习惯吗?

陈少云：基本上我也习惯。因为我父亲在上海待的时间很长，所以他不少生活习惯都是上海的生活习惯，但我喜欢吃辣的，不太喜欢吃甜的。我最喜欢的就是上海的演出氛围，我为什么愿意留在上海?因为上海是“麒派”的发源地。麒麟童周信芳老院长是上海京剧院的第一任院长，上海的土壤非常适合我们这些学“麒派”的演员。有很多老师，曾经跟周大师同台演出过，他们受周大师的影响，我在这儿还能跟更多的老师接触，听他们的教诲：老院长当初怎么演戏的，他演戏的特点是什么。来了以后我还受过杨华生老师的教诲。

王汝刚：杨华生是我的老师。

陈少云：他跟我说了很多“麒派”表演的特点，当初他怎么看麒麟童演出的。有时候从他的嘴里我们也能学到不少东西，因为他是直接跟周大师接触过的，所以我们有时候在一块儿演出，在一块儿活动，我特别喜欢听他说。

这个伟大的艺术，需要有更多的传承

王汝刚：对于“麒派”，大家都很喜欢，有些人说这很容易，因为喉咙哑，唱唱就可以了。但也有人并不是这样看的，“麒派”的精髓并不是喉咙哑和不哑，是真正的表演和演唱上的技巧和艺术，您是怎么看的?

陈少云：周大师其实称自己为老“谭派”。他自己嗓子哑是由于什么原因呢?那个时候演出比较多，比较疲劳。他发声的时候嗓子起了变化，就是变声变得不是很好，带有沙哑的成分，但是他老人家主张有好嗓子的不要学他。他唱起来很有特色，就是他能够把自己不利的一面，变为一个特色。所以有很多好嗓子的人，憋哑了去学，认为这样才是“麒派”。其实这是周大师不愿意看到的。另外，你没有武功基础，就不要来学这个流派。我们这个流派少不了武功。有很多戏里的忠臣、义仆，到关键时候什么僵尸、吊毛、抢背、屁股坐都要弄的。包括《平贵别窑》，很多武生的东西都在他身上体现。你往上一站，一亮相，一推胡子，一甩髯口，然后一抓袖，一踢袍，好看。

刘晔：陈老师，听说您 60 岁的时候，还开了班，收了学生。

陈少云：这个伟大的艺术，需要有更多的传承。延续这个伟大的艺术，这个任务就由我们来完成。我今年 70 多岁了，传承是我现在比较重的任务，我也带了十来个学生了，这样我们“麒派”的艺术就能够源源不断地流传下去。

【节选自《闲话上海·阿王拜年》访谈实录】

2021 年 2 月 12 日《新闻坊》栏目播出

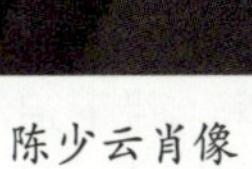

陈少云肖像

《四进士》剧照

《萧何月下追韩信》剧照

【名家往来】

“萧何”衔接“霸王”，镜语活现“麒派”（节选）

撩开茫茫历史尘埃，剧中人物的个性化分析也是电影导演要做的必修课。毫无疑问，在《萧何月下追韩信》中，著名的上海京剧院“麒派”老生陈少云先生扮演的萧何是最重要的角色，也是推动整个故事发展的中心人物。电影的重中之重就是要从刚健苍劲、抑扬顿挫的唱腔、念白和洒脱自如、绝招连连的身段表演中，真实地刻画出萧何可亲、可敬、可贵的人物形象以及他对人才倾心、紧迫的渴求。为此，镜头重点刻画了伯乐拜跪相迎、三次保荐、月下追赶、饥渴不顾、再跪相邀、辞官相逼等看似有点失去理性的举动，在充分铺垫的前提下，影片让这一切不仅可以理解，而且令人信服地表达出了一个真正的伯乐，在贤才被弃、贤才出走的危急时刻，必然表现出的一种家国为重、人才为重的豁达、真诚性情。当萧何在明月清辉的崇山峻岭之间唱出那段经典的“三生有幸”时，已是人之所至、情之所至、心之所至：是萧何不辞辛劳、戴月追赶后，委屈、欣慰、期待、盼归等多种情感的集中爆发。为此，镜头重点表现了“麒派”表演的典型元素，如耸肩、抖袖、踢袍、吹髯口、吊毛（即向前腾空翻后背部着地）等，而在这种“山重水复疑无路”的极限到“柳暗花明又一村”的重生中，陈少云先生扮演的正直且带有幽默感的萧何形象牢牢地立在了观众面前，也让观众饱享了“麒派”艺术的神韵绝活。

滕俊杰
国家一级导演

滕俊杰与陈少云

《萧何月下追韩信》剧照

闺门旦的三个“人”：可人、动人、迷人

昆曲表演艺术家，国家一级演员，工闺门旦，第二批国家级非物质文化遗产项目昆曲代表性传承人，被誉为“小言慧珠”“东方舞蹈皇后”。
代表作：《牡丹亭》《连环记》《长生殿》等。

1941 年出生于上海；
1954 年，考入华东戏曲研究院昆剧演员训练班（昆大班），师承朱传茗、沈传芷、姚传芗、言慧珠等京昆名家；
1958 年，得程砚秋先生亲授《百花赠剑》；
同年，在怀仁堂得梅兰芳大师指点，演出《游园惊梦》；
1960 年，为梅兰芳电影《游园惊梦》配演花神；
1978 年，担任上海戏曲学校教师；
1994 年，在上海举办个人专场演出；
1996 年，主演昆曲电视剧《牡丹亭》，获全国电视优秀戏曲片一等奖、中国电视剧飞天奖和中国电视金鹰奖。

闲　话　上　海

【访谈对白】

她本喜欢绍兴戏，却入了昆曲的门

张洵澎： 我自己喜欢戏，但是喜欢绍兴戏、越剧。上世纪50年代都在唱戚雅仙老师的《婚姻曲》：红太阳当空照，五星红旗迎风飘，婚姻法有保障，自由平等乐逍遥，千年枷锁已打开，封建礼教如山倒。

张洵澎教学中

王幸： 那么您后来怎么会选择昆曲的？

张洵澎： 因为我家住在华山路，和戚雅仙老师住得很近。经常坐三轮车就过去了，一直看她们的戏。后来戏校招生，我那时候不想读书就是想唱戏。进了戏校以后真是好得不得了。我们不是苦大的，我们“昆大班”是被宠大的。星期六下午，吃午饭的时候，八仙桌都变长桌子了，变西餐桌子了。吃色拉、吃虾仁，啥都有的吃，洋气得不得了。

王汝刚： 那时候的校长是谁？

张洵澎： 那时候的校长是周玑璋，后来是俞校长俞振飞老师，还有言慧珠老师。周玑璋校长虽然是南下干部，他也很洋气，把我们带得很洋气。去内蒙古演出，男孩子女孩子的服装都是一套一套的，还为女孩子做泡泡纱的衬衫，上面都是洋娃娃，把我们打扮得像“小毛头”一样，真可爱。我那时候一直唱郭兰英的“太阳一出来”，嗓音条件超级好，到了戏校以后重点培养，一部部大戏没停过，比如《连环计》《贩马记》《牡丹亭》《玉簪记》。我们那时候看到的，现在讲都是宗师了。盖叫天、周信芳，他们来戏校上课的，不像现在，来做个讲座已经不得了了。俞振飞、言慧珠就在身边，还有童芷苓老师……那时候我们学校上课的老师都是名人。

梅大师一句“要含着有神”，让她受益终身

王幸： 张老师运气很好，因为她在戏校的时候就被梅兰芳老师看中，开始演小花神。

张洵澎： 1960 年，梅兰芳梅大师要拍《游园惊梦》，于是把我们 20 个女同学全部带到北京。那两个月，真的让我们受益匪浅。天天看他排练，看他的手眼身法，所以我对“梅派”印象深，因为是从小接触。1958 年我们在北京怀仁堂演出，谢幕时，梅兰芳也上台了，他上来后，大家都拍手，开心得不得了。因为我演的是《游园惊梦》，那天他直接跑到我这边来和我说：“小朋友演得很好，但是我给你提一点，雨丝风片你不要用春香的眼神，因为春香雨丝风片眼神要亮，你是大小姐，眼神要含着，要含着有神。”

王汝刚： 这样身份就衬出来了。

张洵澎： 对，所以这个用眼睛，含着有神的眼睛，真是让我一辈子受益。

一出《牡丹亭》，她守正不走样

王幸： 那您是什么时候开始演《牡丹亭》的全本？

张洵澎： 1956 年，上海长江剧场办南北昆曲大汇演，这是从来也没有过的，之前老先生都散掉了，这是第一次，北边韩世昌、白云生、侯永奎这些大师都来了。我那时候在学校里面，他们要求张洵澎一定要赶出来，把《游园惊梦》弄上去。那时候报纸刊物上面，都登着我的《游园惊梦》剧照。为什么？因为那时候昆曲只有我们“昆大班”刚刚能够显露一点儿头角。所以大家都很欣慰，就是说昆曲有救了，因为“传字辈”老师已经没有了，那次演出以后反响很好。那时候的老师教一，我们就学一，教二，就学二，不会自己创新的，不可能的，也没想过的。传统的东西，守正一定要守得好。后来俞振飞、言慧珠带我们到北京排全本《牡丹亭》，我演春香。回来之后，俞振飞、言慧珠把这个戏给我和蔡正仁了。所以到 1958 年，我和蔡正仁在人民大舞台演出，半个月上座率都是八成以上，生意非常好。

《牡丹亭·游园惊梦》剧照

创新要胆大，但不能瞎来

王幸：张老师，我发现您的艺术表演风格确实不一样。里面有交谊舞、芭蕾舞，那时候老师们都支持您的创新吗？您从哪里获得的灵感？

张洵澎：其实那时候朱传茗老师、姚传香老师、言校长、俞校长都搞创新，都是胆子很大的，但是你不能瞎创新。一来我传统基础牢，还有一个，我是受我爱人的影响。他是国家篮球队的，我去看他打篮球时发现，他在运球的时候笃悠悠的，激情来了，脚步马上“蹭蹭”急停。我在想，为什么我们不是这样子？所以我现在经常跟学生强调，你腿上功夫好了，脚上步子对了，基础牢靠了，你上身一定好看的。

闺门旦的三个“人”

王汝刚：张老师，您这闺门旦在舞台上演出和人家总有一些不一样的。我倒不是“偷师”，我是虚心向您请教，您自己总结的艺术实践当中，有哪些能够让我们借鉴？

张洵澎：戏曲演员尤其是昆曲、京剧这两门大的剧种，你的基本功一定要扎实。这个基本功扎实，不是一般走走台步什么的，这里面是有很多花头的。所以我给我们的闺门旦总结了三个“人”：青春可人，闺门旦要端庄，这是起码的。其他行当也要端庄，但是你不能一端庄就不会动了，这就不像闺门旦，像正旦了，要变成杜丽娘的妈杜大娘了，所以要青春可人，她的年龄是十五六岁。十五六岁的时候，她的两只脚多轻松，所以我们的脚步一定要非常轻盈。除了青春可人，还要美丽动人。我们昆曲每出戏的闺门旦都是很漂亮、很美丽的。除了美丽动人，还要风骨迷人。这里面有很多文化，我们要不断地琢磨、学习。我文化程度也不是很高，但是我一直在琢磨。我写了不知道多少笔记，只要电视里、书里或者什么地方看到什么值得记的，我就马上记下来。

【节选自《闲话上海・阿王拜年》访谈实录】

2022 年 1 月 31 日《新闻坊》栏目播出

《牡丹亭》剧照

老派、洋派、海派集一身的“闺门旦”

第一次看张洵澎演出，还是在20世纪90年代。那时，“昆大班”的其他名家，我都耳熟能详，唯有张洵澎，只闻其名不见其人。

1994年，张洵澎在上海举办了个人专场演出，我在电视上第一次看到了她与众不同的表演，无论是《游园惊梦》，还是《百花赠剑》《玉簪记・秋江》，都让我眼前一亮。没想到，昆曲也可以舞出这般风韵，她的表演舒展奔放又不失柔美，在含蓄内敛中有着张扬的舞姿，可谓中西合璧，张力十足。

后来我知道，她是“芭蕾王子”蔡一磊的母亲，不由心想，到底是儿子跳的芭蕾影响了她，还是她带有芭蕾风格的表演孕育出了一个“芭蕾王子”？

舞台上的张洵澎光彩照人，生活中的她，也是个美丽的女子。平时有朋友在“朋友圈”里晒照片，经常看到张洵澎老师。她的着装每一次都不一样，而她的妆容却几乎不变，尤其是她画的眼线，真是让人过目不忘，那又黑又油的眼影微微上翘，更是让她本就亮而有神的眼睛更有神采。而眼神，对于一个演员，尤其是戏曲演员来说，就是点睛之笔。

据说梅兰芳大师为了练眼神，天天盯着飞鸟，追寻鸟的飞行轨迹。而大师对于眼神的运用，曾亲授给了张洵澎，就一句话：闺门旦的眼神，要含着有神。2022年《闲话上海・阿王拜年》节目组去拜访张洵澎，她告诉我们，这句“要含着有神”让她终身受益。

作为戏曲演员，尤其是特别强调“守正”的昆曲演员，张洵澎在“守正”的同时，还特别强调创新。那天拍摄完毕，我们聊起了古老剧种昆曲的创新话题，她一下子说了好多，她说：“昆曲表演要舒展，手腕要从手臂延伸出来，不能老是扣腕子，扣腕子变短手了啊。要提胯，拎腰，女性不能用后腰，要用旁腰。这些东西我一直在总结。所以我现在教学生，闺门旦的表演要演出三个‘人’，也就是青春可人、美丽动人、风骨迷人。”

张洵澎的表演有海派的风格，她生活中的做派也有上海女子的风范。那天拜访她，节目组给她送了点儿小礼物，她的回应很有意思，除了说谢谢，她还说了“共享，大家共享”，既老派又洋派。我们临走，她让我们留步，然后拿出早已准备好的礼品——每人一盒铁罐曲奇。我们再三推脱，她说：“客人做完客，主人表示一下心意，这是应该的，上海人都这样。”

这样一位昆曲大家，守着上海规矩，台上是闺门名旦，台下是大家闺秀！

吴迪

《闲话上海》编导

张洵澎与史依弘

我最大的愿望就是继续为大家奉献笑声

滑稽表演艺术家，擅长塑造各种小人物的喜剧艺术形象，是江南地区家喻户晓的“老娘舅”。

1934 年出身于江苏海门戏曲世家，6 岁登台表演，先后拜名师文轩、文彬彬学艺；
20 世纪 80 年代初，与王汝刚等合作表演独脚戏《头头是道》，一炮打响，1987 年获江南滑稽汇演“优秀表演奖”，成为两人的保留节目，曾上演达千场；
90 年代，艺术创作迎来高峰，与王汝刚合作表演的独脚戏《征婚》获全国喜剧小品一等奖，小品《沐浴》获上海话剧小品二等奖；
1995 年，参演海派情景喜剧《老娘舅》，连演 12 年，拍摄数百集，成为上海乃至整个长三角地区家喻户晓的“老娘舅”；
2020 年 1 月 29 日，因病逝世，享年 86 岁。

【访谈对白】

初出茅庐出洋相

刘晔：我从小看您演的节目，但是真的不知道您是几岁登台的?

李九松：很早就登台了。我是“将门”之子，父母都是唱戏的，姐姐也是唱戏的。旧社会的时候，在江浙两省的小码头上唱戏，是班子戏，真正唱戏。我大概在3岁登台，做活道具。

王汝刚：就是戏里有“小毛头”的角色，把他抱在身上。

李九松：新中国成立后生活固定了，在上海演出，正好有一个机会，到良友沪剧团唱沪剧。我的父母是专门出租戏剧服装的。那时候我读书回来，到剧场里面去，正巧有一本戏叫《秦雪梅吊孝》，缺吊孝的人，跑龙套的没有，让我上去。这个对我来说是很容易的，以前文明戏的底子在，我上去了以后，台上出洋相，哭的时候出洋相，他们笑出来了，闭幕也闭不下去了。什么道理呢?灵台做好了，我拿好锡箔去烧：“阿爸啊阿爸……”很悲伤的。“不是，你看，是一个老太，一个老太。”跑错人家了，快点把锡箔灰放在帽子里面拿出去，再跑回去。于是观众都笑起来了。

王汝刚：沪剧团一听吓死了，谢谢侬，侬去演滑稽戏吧。

刘晔：滑稽戏就对路了，是吗?

李九松：后来就从良友到大众滑稽剧团，再后来就到人民滑稽剧团。我们的剧团唱独脚戏为主，独脚戏一档一档很多的，上海其他剧团的独脚戏要拼起来，拼不过我们的。

几代上海人的“老娘舅”

王汝刚：《老娘舅》拍了几年?

李九松： 12 年。

王汝刚： 12 年，你想想看一个人生命当中有几个 12 年？ 12 年陪伴大家在电视机前看您的节目，而且收视一直很高。光凭这点，您培养了几代观众，所以大家都叫您娘舅啊娘舅，弄堂里、街坊里到现在都叫您娘舅。江浙一带，您现在、过去通吃，到苏州、常熟、无锡，小菜场里兜兜，看中鸡毛菜什么，拿着走好了，钞票不用付了。

李九松： 这个不搭界的，这个是要付钱的！

王汝刚： 所以他不太出去，他说要扰民的。

刘晔： 说明大家有多喜欢老娘舅！

好搭档更甚于好对象

刘晔： 您是从几岁开始和王老师搭档的？

李九松： 搭档有 40 年了。第一次搭档是《头头是道》，1980 年的时候。

王汝刚： 大家非常牵挂您，您身体好吗？

李九松： 身体蛮好，年纪大的人总是有毛病的。生病不要紧，但是生毛病有一个规律：你没有生病，要重视；生了病，要藐视。

王汝刚： 他刚刚说得很对，一旦生了毛病，不要恐惧，不要怕，要正确对待它。像他这样，本来身体很差，一身的毛病，从头到尾，对吗？心脏病、白内障、红斑狼疮、黄疸肝炎、脚癣、瘌痢都有的。说起来，他糖尿病了还喜欢吃糖，还喜欢吃巧克力，他说是“以毒攻毒”。我如果不讲，观众朋友你们不会相信的。

李九松： 自己吃的，我自己买的。病生也生了，怎么办呢？你又不能回绝它，对吗？吃是要吃的，你不吃，抵抗力没有了。控制是控制，但有时候看见八宝饭和月饼控制不住，对吗？

刘晔： 王老师也喜欢吃甜的，你们是搭档，兴趣爱好都差不多。

李九松： 他也吃的，他吃的时候说糖尿病不行的，等吃好了他会说，算了也不管了，我知道他的脾气。

王汝刚： 80 多岁的人，脑子非常好，您今年八十几？

李九松： 85 岁。

王汝刚： 85 岁，去年呢？

李九松： 去年，86 岁。

王汝刚： 前年呢？

李九松： 前年 87 岁。怎么了？你们早点走吧！再待着我要变老年痴呆了，我被搞得头昏眼花。

刘晔： 李老师，您现在晚年生活的兴趣爱好是什么？平常做些什么呢？

王汝刚： 他说过了，也没有什么地方可去的，打打麻将。他别的地方不去的，他头发也没有，发廊里面也不去的。脚也蛮好的，洗脚房也不去的。

李九松： 搓麻将，我自己控制好的，一个星期 5 次。医生说的，一个疗程。

刘晔： 王老师，您刚在门口说准备了一份礼物，什么礼物呢？噱头埋到现在。

王汝刚： 他最喜欢吃的苏州酱肉，两大块呢。

李九松： 我在苏州吃面，就是吃两块酱肉，外加一碗油渣，放在一起的。苏州酱肉赞的赞的，多少钱？

王汝刚： 不要钱。

李九松： 样子总归要做的，对吧？

刘晔： 到底是老搭档，不一样。

【节选自《闲话上海·阿王拜年》访谈实录】

2018 年 2 月 25 日《新闻坊》栏目播出

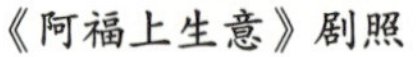

《阿福上生意》剧照

“老娘舅”李九松

【名家往来】

送别李九松，昨夜未成眠

大年初五，本应是个喜庆的日子，但就在这天下午，我接到电话，我的艺术老搭档李九松在10分钟之前仙逝，终年86岁（他属狗，其实也可以说是87岁）。我感到震惊、悲痛、伤心……真不知用什么语言来描述我的心情。自去年（2019年）11月中旬，李九松因病住进医院治疗，我数次去探望，看着他疲惫痛苦的脸，心里老大不忍。尽管有种种不祥征兆，但还是期盼着能够出现奇迹，希望他能恢复健康，给观众带去更多笑声。我也曾多次向医务人员请求，尽力挽回老人家的生命，但却不能如愿，李九松最终走完了87年的历程，驾鹤西行。

放下电话，我匆匆赶到李九松家，安慰他的家属。在灵堂上，我看到了他的遗像，照片上的他一脸慈祥的笑容，顿时我泪眼婆娑，心里有许多话想讲。九松，我没想到现在的网络这么发达，在短短的一个小时之内，全世界都知道了您已去远行，德国、美国、日本的朋友都打电话过来，向我表示他们悲痛的心情，打听如何办理丧事。这说明您的人缘有多好啊。但是，我又感到十分遗憾，因为现在是非常时期，不能为您举办追悼会，只能安排十余名亲友为您进行告别仪式。我心中不忍呀，九松，您一辈子为别人做了那么多好事，您是很喜欢热闹的人，临别人世间，绝不应该是这样冷冷清清的场面，但是……好在您是个通情达理的艺术家，请求您宽容和原谅。我想对您说句悄悄话：您走，很多人都怀念您，虽然来告别的人不多，但在我们心目中，您一直活着。等疫情平息，我们会开一次像样的追思会，到时候，您再来听听，大家是怎么评价您的身后的。

回到家已近深夜，今夜，我竟难以入眠，回想起与李九松合作40年的场景，往事历历在目。印象深刻的是2003年4月，我跟李九松一起去台湾演出，回到上海，正是“非典”的非常时期，剧团不能正常演出。我考虑一下，在这种情况下，我们文艺界做点儿什么，为国家分忧解愁。对了，医疗一线需要大量药品，我们可以义务劳动，到药厂去包装药品。我把我的想法告诉大家，很多人不以为然，但是李九松立即表态支持，他说："这个主意好。抗"非典"需要抗生素，一粒药就是一粒子弹。一方有难，八方支援，文艺界历来有光荣传统，你的想法是对的，我跟你们一起去做义工！"就这样，我联系了生产先锋霉素的上海新先锋药业公司，我们剧团全体人马出动，去劳动了整整一个星期。此举在文艺界引起蛮大的动静，市文联决定，安排全体机关干部，也去劳动一天。事后，有人说我们带了个好头，其实这也离不开老艺术家李九松的支持。考虑到当时他已经70多岁，每天要到浦东张江劳动怕他吃不消，所以，我们就没有安排他去。他知道之后跟我发脾气了，他说："你们劳动为什么不叫上我？我虽然年纪大了点儿，但是包装药品这样的劳动，我也是可以做的，更是愿意做的。"我只能向他道歉，虽然他没有参加义务劳动，但是让我再一次看到了他的热忱之心。不久后，我们到电视台去录制抗击"非典"的小品节目，特地请他出山，他这才高兴了起来。同台的毛猛达感动地说："九松是我们学习的榜样！"后来几次去医院慰问白衣天使等活动，他都精神抖擞、干劲十足地参加了。

当年情形，仿佛今时，但是李九松已经不在了，剧团少了个好参谋，我少了个好帮手。记得去年的春节，我们剧团在人民大舞台演出。演老节目还是新节目？老节目比较便当，熟门熟路；演新节目的话，演什么？我向李九松推荐了几个独脚戏的剧本，他一下子就挑中了《乘龙快婿》。这个独脚戏歌颂了一个干部家属热情参与社会反腐倡廉。李九松扮演的是丈人，他帮助女婿把关，机智应对上门送礼、求情开后门的人。九松评论这个剧本时说："这个剧本好，我们不但要歌颂好的干部，还要歌颂好干部的家属，他们是非常不容易的。'篱笆扎得紧，野狗钻不进'，反腐倡廉措施从家属做起，我们就演这个节目吧。"说老实话，当时我有点儿担心，他已经那么大年纪，还能记得那么多新台词吗？九松似乎看懂了我的心思，他说："你帮我把剧本的字打得大点儿，我照样能记下来。"结果，他硬是一个字一个字啃下来，顺利地完成了任务，出色的演技取得了良好的剧场效果。

记得6个月前，炎热8月，我们剧团举办青年演员艺术培训班，李九松应邀来上课。尽管他身体不太好，还是很认真地做了一个很好的讲座，这也是他生前最后一次讲座。他回忆了他的老师文彬彬、范哈哈等大师对他的栽培，饱含深情。他也讲了红花和绿叶的关系。他说："我一辈子做绿叶，是烘托别人的；但是做好配角也不容易，既要烘托好主角的戏，自己这片叶子也要发光，也要翠绿，这样才能‘红花绿叶两相宜’。”

3个月前，我与李九松通电话，告诉他：“我们俩共同的老朋友，全国劳动模范、松江农民朱良才欢度80岁生日，邀请我们一起去，你是否愿意去？如果身体还好，我们一起为大家表演个节目，让大家开心开心。”他欣然答应，并很认真地做好了准备。到松江去的路在修，坑坑洼洼，很是辛苦。到了现场，我们上场演出小节目，全场气氛热烈，大家笑声不断。回家路上，李九松依然兴奋不已，他说：“我今天特别开心。朱良才是我的老朋友，他是新农村劳动致富的带头人，如今他们夫妻团团圆圆，还有这么多子孙，四世同堂，这是我们新农村的缩影。我祖籍松江，看到家乡人民生活得这么好，我由衷感到高兴！”没想到，这次在农村的演出竟成为我们40年搭档的最后一次合作。有人讲，喜剧的最高境界是含着眼泪地笑，我想起这些，禁不住热泪盈眶。我想，九松挑选正月初五驾鹤西行，留给世人的印象，是不是也印证了这句话？

王汝刚
滑稽表演艺术家
《闲话上海》嘉宾主持

王汝刚和李九松

好好地活，
演戏演到最后那一刻

影视表演艺术家，国家一级演员。因在多部影视剧中扮演奶奶的角色，获得“江南第一老太”“国民奶奶”的赞誉。

代表作有：话剧《曙光照耀莫斯科》《刘胡兰》等，影视剧《上海一家人》《十六岁花季》《孽债》《夺子战争》等。

1929年出生于河北唐山；
1945年，被中共地下组织办的洪流剧社吸收为演员，演出沈西林编剧《压迫》、陈白尘创作《结婚进行曲》等；
1946年，加入地下党，考入南京国立戏剧专科学校表演系，继续演出进步戏剧、参加学生运动；
1949年5月，参与“上海解放”的播音工作；
1950年，成为上海人民艺术剧院演员；
2023年4月，获上海白玉兰戏剧表演艺术奖特殊贡献奖。

【访谈对白】

我姓郭，不姓陈，我们地下党都是换名字的

王汝刚：您是什么时候参加革命工作的？

陈奇：1945 年，当时我还是学生，那时候我只是在同学和一些朋友中间参加了一些活动，还不是完全在学校里面。当时在学校外面跟我联系的是一位自称“沈大哥”的人，我们就是联系做一些地下党的工作，还是保密的。我们约好在靠近我家的一条马路上碰头，在路上一路联系，一路走一路说。那个时候联系起来，都是以保密的方式来进行交流，或者交代什么工作任务。后来新中国成立了，他不姓沈了，他姓刘了[1]。其实就是他当时地下党的时候姓沈，我们都是隐蔽的。我也姓过郭，不姓陈，地下党的时候，我们都是换名字的。

刘晔：您说到姓郭，郭冰是上海解放的时候您的播音名对吧？

陈奇：对。郭冰，我当时播音的名字。

王汝刚：我听说 1949 年解放的时候，陈老师您就参加了上海电台的播音，

年轻时的陈奇

[1] 编者注：“沈大哥”就是后来担任中国戏剧家协会秘书长、书记处书记、副主席的刘厚生。

这非常了不起，您还记得当时播送的是什么内容吗?

陈奇：有一天，“沈大哥”很兴奋地告诉我说上海很快要解放了。这时候是悄悄地说，要保密，不要暴露，这是很重要的一件事情。到了真正解放的那一天，我被指定到电台，那里有一个对外广播的房间。我们就用广播的机器对外广播，向全上海人民播报上海解放了，那是 1949 年 5 月 25 日。我们参加广播的有四五个人，日夜轮流地广播，广播上海解放了，然后我们还念了好多毛主席著作里面的文章，宣传上海解放。那个时候很兴奋，很荣幸，很高兴。好几个人轮流念，日夜地念，不睡觉的。老百姓对解放很高兴，很欢迎。我觉得老百姓很自然地就接受了共产党，那个时候我们特别地感动。

《曙光照耀莫斯科》演出盛况

《曙光照耀莫斯科》剧照

爱角色胜过爱自己

刘晔：陈老师，您是怎样走上演员这条专业道路的？谁对您的影响最深，是您演员道路上的领路人呢?

陈奇：黄佐临。他是我在新中国成立前读南京国立专科学校的时候的老师，帮我排戏。所以我跟他在很早就有一种师生的关系。他脑子也比较进步，要求自己参加革命，所以新中国一成立，我到剧院的时候，看到黄佐临也来了，我也不意外，黄佐临就跟我在一个单位了，就在上海人民艺术剧院。

刘晔： 他是创始人之一。他在担任人艺院长的时候，您演过什么戏?

陈奇： 他一开始就让我们排《曙光照耀莫斯科》，我们很多比较进步的朋友，都参加了这个戏的排演。这个戏那时候很火，观众很喜欢这个戏。

刘晔： 陈老师，您还记得您的第一部电影吗?

陈奇：《药》，我演夏四奶奶。我觉得很高兴，观众也觉得这是一个进步的电影。第一部电影就拍了一部进步的电影，我很高兴。

刘晔： 您在电视上演过很多奶奶的形象，您自己最喜欢的是哪一部作品?

陈奇： 我最喜欢的还是《上海一家人》，这个戏观众比较喜欢，我也比较喜欢，它很生活化，跟我们现在的生活更接近。开始的时候，我有一个短的戏，也是编剧黄允写的。后来我跟她熟了，她又写了一个，就是《上海一家人》，她就把我叫来演《上海一家人》里的奶奶。

刘晔： 那个时候，有观众说这个奶奶长得不好看。您听了会生气吗?

陈奇： 不会，不生气。我觉得我为了这个戏剧，可以不管一切，好看不好看，难看不难看，不管，只要戏好我就演。我喜欢自己的角色，不是喜欢自己，而是喜欢这个人物角色。

王汝刚： 她是爱角色胜过爱自己。

刘晔： 所以您是我们心目中的“国民奶奶”。

【节选自《闲话上海·阿王拜年》访谈实录】

2022年2月4日《新闻坊》栏目播出

【记得一二】

银幕里的妈妈

亲爱的陈奇老师，我还是想像过去一样叫您妈妈，这样就会让我想起来1982年，我们在上海电影制片厂拍的那个电影《鼓乡春晓》，电影里您扮演我的妈妈。我非常遗憾自己没有上过任何表演艺术学校，但是我特别庆幸遇到了您，感恩遇见。我的第一部电影里您就扮演我的妈妈，您对我的业务、对我的艺术培养是那样地深刻。您以身作则给我留下了非常深的印象。您如此敬业，一丝不苟地对待艺术的精神在我的心里刻下了深深的烙印。1982年到现在，40多个年头过去了，岁月匆匆，我还清楚记得中央电视台《流金岁月》栏目请您和我共同做过一个节目。当时主持人说“下面我们以热烈的掌声，欢迎从上海来的著名表演艺术家陈奇老师”时，我愣住了，之前我不知道您会来到现场。当您站在我的面前，我一下子跪到了您跟前，因为我是东北人，东北的民间传统就是，见母亲要献上一跪，才能表达女儿对母亲的深情厚谊。

虽然40多年过去了，但是我对1982年拍《鼓乡春晓》时的很多事情、情节都有着深刻的记忆。在《鼓乡春晓》里面，我演打花鼓的女人欧玉莲。我们一块儿去安徽凤阳采风。您带着我去听欧玉莲的故事，听她的切身经历，我们流泪，我们记录，我们练习打鼓。我俩在电影里有很多打鼓动作，要饭的时候打鼓，庆贺丰收的时候也要一边跳一边打。但凤阳花鼓也不是拿起来就会打的，我们俩都要不断练习，非常难。在那7个月当中，我们每天都穿着当地服装，拿着凤阳花鼓，就仿佛自己生活在这个角色的世界里。我们住在一起，您总是对我严格要求，每天都要问我：“今天打了多少个小时，今天有进步吗？练得怎么样？”生活当中，您对我特别温暖，有的时候在宿舍里，我还能看到您把被子都铺好了，并且给我放了一个热水袋。有一次我很累，不想打鼓了，您跟我说：“小方啊，你多不容易啊，九次试镜都没成，第十次你试到了上海电影制片厂，并且演了女主角，你一定要对着星星打100个，对着月亮再打100个，你要练得熟能生巧，才能在摄影机前表演自如。”这话对我的影响太大了。那个夜晚，我真的在外面对着星星打了 100 个，对着月亮又打了 100 个。从那以后，我知道电影和舞台不一样。我们的表演会永远印在胶片上，如果完成不好，有一丝疏忽，那就是永生的遗憾。

在您的高要求下，我每天练台词、写笔记、练凤阳花鼓、练唱。这个电影顺利地拍完了，得到了导演和剧组老师的认可，有我尊敬的牛犇老师、严顺开老师、刘法鲁老师、金康民老师，尤其是演我丈夫的翟乃社老师。拍电影的日子结束了，但我和陈奇老师，这位可爱的妈妈，却开始了我们的友谊。

后来我回到了沈阳话剧团，您非常支持我，并鼓励我在业务上更严格要求自己。再后来我有幸和黄蜀芹导演合作，去美国洛杉矶拍了电影《嗨，弗兰克》，当这个电影在上海开首映式的时候，我请了您和王频老师到现场观看。当观众把鲜花送到我面前的时候，我在台上讲，您就坐在观众席上，我非常感动，我要将这束鲜花献给我的恩师、我的妈妈陈奇老师。我亲爱的陈奇老师，我亲爱的妈妈，在您的身上，我感觉到一种热爱艺术的精神，一股扑不灭的热情，您永远激情四溢，只要一谈戏，就非常地激动、非常地热情。

前几年我得知您跟李少红老师合作，竟然在山上拍戏，一个老人怎么受得了？但是您告诉我说，您特别开心，觉得自己老有所乐，愿意一直拍到最后。每个人的生命都会有落幕那一刻，可是您从来不畏惧，从来不担忧，从来不焦虑。您说您的座右铭就是："好好地活，好好地活着，演戏演到最后那一刻。"您告诉我

陈奇与方青卓

说：“角色没有大小，只要是一个角色，你就要认真地演。”这些话深深记在我的心里，我一定会更加努力演好每一个角色。

我亲爱的妈妈陈奇老师，您还记得吗，我那时候年轻，生活当中我遇到什么样的人，尤其是追求我的人，我总是要跟您说悄悄话，总是要问您该不该跟他接触，该不该跟他成为生活的伴侣。真有意思，我不停地向您汇报，您就不停地给我分析、指路，有您真好。当我遇到我丈夫的时候，我还去上海找了您，您告诉我：“这一次我看到你的表情，你是动心了，那你就好好跟他相爱，好好成立一个家庭。”我听了您的话，结了婚，做了妈妈。

亲爱的陈奇老师，您是我银幕里的妈妈，是我艺术生命里的老师。您对人真诚，对角色认真，永远是我学习的榜样！还有您旺盛的激情和永远闪烁着的艺术光芒，就像一朵铁艺的玫瑰，永远是盛开的！永远是不败的！向您学习，向您致敬，铁艺玫瑰！您的女儿——“欧玉莲”。

方青卓

演员

陈奇近照

配音“男神”，“魂的再塑”

配音表演艺术家，译制导演，国家一级演员。曾担任《魂断蓝桥》《叶塞尼娅》《美人计》《生死恋》《寅次郎的故事》《安娜·卡列尼娜》等译制片的主要配音演员，并任《坎贝尔王国》《罗宾汉》《湖畔奏鸣曲》《三十九级台阶》等译制片导演。其中16部获政府奖、华表奖，两部同时获金鸡奖。

1942年11月出生于上海；
1965年，毕业于上海戏剧学院表演系，入上海电影制片厂任演员；
1975年，任上海电影译制厂配音演员、译制导演；
1984—1986年，任上海电影译制厂厂长；
2002年，被评为“译制艺术学科带头人”；
2018年，获第14届“全国德艺双馨终身成就奖”、中华文化促进会“华语声音者终身成就奖”；
2019年，获第17届电影表演艺术学会奖“特别荣誉奖”。

闲话上海

【访谈对白】

我要去最艰苦的地方

王幸：乔老师，我知道您当年是特招进上海戏剧学院的，那时候是多大？

乔榛：我那时候 17 岁，就读于淮海中学，就在毕业那年，正好有一个中学生的文艺联赛，我们学校排了一个小话剧，叫《我的一家》，我在里面演了一个角色——欧阳立安。演了以后，得了奖，然后就被戏剧学院的老师看中了。他们就请青年老师到学校来和我谈话，正好那时我在准备高考。

王幸：其实您自己也是很喜欢戏剧的，因为有表演天赋呀。

乔榛：我喜欢的，但没有说要从事职业表演，那时候没这个想法。当时说得比较多的是“好青年志在四方”，应该到祖国最需要的地方，最艰苦的地方去。所以我当时高考填的志愿，一律都是地质学院。

王汝刚：那是到最艰苦的地方去。

王幸：您在上戏毕业后，为什么去做译制片的配音了呢？

乔榛：那时候电影系统都在“五七干校”劳动，我当时年轻力壮，在运输队上跳板、上卡车，我都乐意，觉得年轻人就得锻炼。突然接到一个任务，说整个

工作旧照（右一为乔榛）

电影系统都在劳动，只剩一家上海电影译制厂，但是他们人员不够，因为前辈们都在接受审查，想请一些剧团的演员去帮忙，说你去吧。就这样我进了译制厂从事创作。

我的创作理念就是“魂的再塑”

王汝刚： 您最喜欢自己配的哪个角色?

乔榛： 托尔斯泰的《战争与和平》，里面邦达尔丘克演的男主角皮埃尔。要和这个人物融为一体，这是我的一种创作理念，叫“魂的再塑”。作家的灵魂、演员的灵魂、他们塑造的形象的灵魂和我的灵魂，四者融为一体，叫“魂的再塑”，我要悟透。

王汝刚： 乔老师在译制片厂做厂长，译制片厂有一段时间是上海青年向往的地方。因为可以看内部电影，当时能够有一张在译制片厂里面看电影的电影票是不得了的事呀。原版片也叫参考片，谈恋爱的青年，如果带着女朋友到译制片厂去看参考片，上海人讲，叫“路道老粗的”。

乔榛： 那都是一些刚刚配制完成的还没公映的电影。

王汝刚： 这个票子真热门，一到晚上，都是年轻人，当时已经有所谓的“打

年轻时的乔榛

桩模子”，有“黄牛”票贩子在门口了，我记得可以卖5角到8角。我去看过好几部电影，当时他们厂里的剧场很简陋，条件很差，座位也没有像现在的沙发椅什么的，和硬板凳差不多。但是看完后大家都心满意足，因为这些都是外面看不到的，那是对文化的渴望。

我的太太给了我太多力量

乔榛：说来也怪，我这个人跟当官没有缘分，一旦当了厂长，没多少时间，就会发现身体不行了。1986年初确诊癌症，春节之后就动手术了。1998年底第二次上任，怪了，1999年初身体又不行了。当时正在导一个戏，我配男主角，结果我太太就打电话来。我说现在正在录音，她说医生一定要让你来，你赶紧中午就过来吧，她急了。结果我赶到医院，一做CT，赶紧手术。8次跟“死神”狭路相逢又擦肩而过。我深深体会到，没有我太太，我早就“走”了不知道几回了。我太太从来没有在我面前掉过一滴眼泪，回到家里，她闷着被子大哭，回到病房来又是笑脸相迎，鼓励我，她这种精神给了我太多力量。

王汝刚：唐老师是代全国人民照顾乔榛老师的身体。你们两人真是天生一对。

唐国妹（乔榛的太太）：我是蛮珍惜我们之间的缘分的，哪怕我累得倒在他前面，也一定要保护他。我知道他心里想做的事很多，我要让他去实现，要帮助他实现。所以我们在没人的时候，经常在篮球场里锻炼。

乔榛：在篮球场里她鼓励我，说你喊呀！

唐国妹：我说假使站着不行，你躺着同样可以腹部吸气，就这样练。因为我非常了解他，知道他离不开舞台，所以我答应他，一定让他重返舞台。人家说“病来如山倒，病去如抽丝”，真是这样的，我们一步一步来直到能够走上台。那次他站在舞台上，是濮存昕把他的轮椅推到台中央，他站起来，下面的观众都站起来鼓掌，就听他朗诵，大家都很感动，在场有很多演员都掉下了眼泪。

【节选自《闲话上海·阿王拜年》访谈实录】

2019年2月9日《新闻坊》栏目播出

乔榛唐国妹夫妇近照

乔榛近照

乔榛手绘像

【记得一二】

初入职场，被要求“魂的再塑”

“要是你认定自己做不到，那你就真的做不到了。”很多年前，乔榛老师对刚刚进入上海电影译制厂不久，陷入“绝境”的我说。

事情是这样的，2005年时我作为刚入职一年多的“菜鸟”，接到了院线电影《蝙蝠侠·侠影之谜》中女主角瑞秋·道斯这个角色。虽然我从六七岁开始就在上译厂配电影，但是在我正式入职之前，那么多年以来，我配的大都是小男孩、小女孩，从来没有真正录配过成年人、大女主。面对这个突如其来的挑战，我是又惊喜又害怕，尽管前期做了很多准备工作，但还是架不住语感上满满的青涩、音调上稳不住的孩子气，还有那时不时窜出的细嫩飘忽的小高音。我们单位的工作流程是——当影片全部配完后，所有演职员都会聚在一起共同鉴定配音作品，如果有配的不足的戏会重新补配一遍。我感觉我真的是全程带着想挖地道逃走的心境看完鉴定的。我真的对自己大失所望，没想到自己第一部真正意义上的大女主作品竟然会如此之差。果不其然，在提修补意见的时候，当时的厂长乔榛老师（在剧中为蝙蝠侠的管家阿尔弗雷德配音）和其他老师，就一二三四五六七八九十……给我列出了无数需要补戏的内容，听下来基本是把这个电影中我的戏份，从头到尾补一遍。拿现在的话说，当时我的心态崩了，我甚至都忘了自己是怎么走出录音棚的。好歹从小配音，对录音棚和话筒并不陌生，怎么会如此不堪，感觉完全是一个配音门外汉的样子。在走廊上，我碰到了乔老师，他看我一脸失魂落魄的样子，便招呼我去他办公室。

“佳佳，回家好好准备一下，明天好好补戏，胡平智导演还是很信任你的。其实当初在定演员的时候我们也犹豫过，是不是一下子就要给你上这么重分量的主角戏。但最终，我们都相信你是可以完成的。你总不能一辈子配孩子，总要‘长大’，就从这一部开始吧！”

我眼眶发烫，感觉辜负了所有老师对我的期待，抽抽搭搭没用地暗哑道：

“我觉得自己不合适……我可能还没有准备好……我确实努力过了……可我还是做不到……要不还是换人配吧。”

“放弃、退缩是很简单的，坚持、直面才需要更大的决心和勇气。我们这个行业的门槛在山脚下，进了门槛才刚刚开始，那扇真正‘悟道了的配音演员’的门在山顶上，需要一路向上攀登才行。上坡路哪有不辛苦的？”

他望着我红红的眼睛，又补充了一句：“要是你认定自己做不到，那你就真的做不到了。”

是啊，人最不该败给的就是自己。遇到一点儿风浪和挫折就轻言放弃，不该成为潜意识反应。坚持一下，坚定一点儿吧。多少人在即将抵达“成功的大门”前转身离开？多少人已经到门口按了门铃，等了一小会儿没见到开门扭头就走？那么要不要试试再按一次铃，在按完门铃后，再耐心地多等上一等呢？当你听到“咔嗒”一声，你会真心感谢那个目标明确、不畏艰辛、勇敢坚定的自己。

不冗长赘述。后来就是，经过那次被乔老师点醒之后，我“发愤图强”了，也收获了成果，更加清晰地体会到“相信自己”对于工作和整个人生的重要性，也明白了很多事情并非一蹴而就，必须给它足够的时间。朝着正确的方向走，不在中途停滞不前或调转马头，你想拥有的美好，终究会在你的面前铺展开来。

一年多前，乔老师被单位请回来导演院线电影《新尼罗河上的惨案》，我在剧中配杰奎琳。看着他坐在导演位子上，目光炯炯地盯着光影闪烁的画面，娓娓地和我们分析剧本人物和台词，心中升腾起一股无以言表的感激。

当年恩师的那番话让一个初入社会的小青年终身受益，至今我依旧全心全意地坚守在译制片配音的岗位上。现在我也成了孩子们口中的“老师”，我希望可以把恩师教我的告诉那些刚刚进入“配音圈”的小青年，我也想给他们带去温暖和明亮，就如同乔老师曾做过的那样。

乔榛和詹佳

詹佳

上海电影译制片厂配音导演

国家一级演员

我只是一个还在努力的足球教练

足球教练，被誉为“上海滩足球教父”，现任上海海港集团足球俱乐部总顾问，上海市足球协会顾问。

1944 年 1 月出生于上海；
1966—1975 年，效力于中国国家足球队，任左后卫、队长；
1987—1990 年，中国国家二队主教练；
1991 年，担任国奥队及国家队主教练；
1994—1996 年，担任上海申花队主教练，率队获得一次甲 A 联赛冠军、一次超霸杯冠军和两次沪港杯冠军；
1995 年、1998 年，中国足球甲 A 联赛最佳教练；
2000 年，创办根宝足球基地；
2005 年，创办上海东亚足球俱乐部，九年间分别获得中乙、中甲联赛冠军和两次全运会冠军、五次沪港杯冠军；
2009 年，率领上海男足 U20 队夺得第 11 届全运会男足冠军；
2017 年，荣膺中国“金帅奖”；
2019 年，获亚足联年度青训教练“特别贡献奖”。

XU
GENBAO

海上有大家
HAISHANG
YOU DAJIA

【访谈对白】

我是从弄堂里踢出来的

王汝刚：我们知道您是地地道道的上海人，从小在静安别墅长大的，弄堂里的小孩。您怎么会喜欢上足球的？后来怎么会踢到国脚？

徐根宝：这是受环境的影响，你不要看我们静安别墅这条弄堂，里面很多小孩都喜欢足球。那时候我们一条弄堂比较长，组织了 3 支队伍，大家要竞争前弄堂、中弄堂、后弄堂。我是中弄堂，应该说我还是有点儿天赋的。现在想想，小朋友当时都是乱踢的，像羊群战一样，大家围着一个球，我就在旁边等着，他们一踢出来我就带走了。在足球上，我从小就受弄堂里这一帮小朋友的影响，在学校里面也踢，再加上自己苦练，就这样出来了。

球员时期的徐根宝

刘晔：那么从什么时候开始，您被人发现有这样的天赋，觉得可以往专业的道路上发展的？

徐根宝：1958 年成立静安区体校，那时候体校的足球教练是林耀清，我去报考没有录取，后来把我编组，编到排球队去了。一开始我打排球，打了半年排球，他们在虹口体育场比赛，我就跟去了。中场休息的时候，我在旁边颠球、头球，这一招是我小时候苦练出来的。林耀清一看，他说："你也会踢球。"因为我在排球队，他知道的。他说："你想踢吗？"我说："我到你这里来，你没有要我。"他说："那么你再来一次。"第二次去就把我收下来了。初三毕业考高中，那时候上海组织 4 个少年队，都没有要我。正好南京部队来招生，我就到南京部队去了。南京部队的领导比较器重我，因为部队里讲作风的：拼，不怕吃苦，轻伤不下火线。一直到 1965 年我到八一队，打第二届全运会我就冒出来了，冒出来就到国家队了。

1966 年我们参加亚新会，得了第二名，我们输给朝鲜。朝鲜那时候世界锦标赛第八名，我们输一个球，但是和他们打也是可以的，只是我们正好碰到“文化大革命”，机遇就失去了。

把观众“打”出来

刘晔：“80 后”这代人对于足球的启蒙，是从您当教练那时候开始的。在您手上出了不少优秀的运动员，包括我们非常喜欢的申花队，这是一代上海球迷的记忆。

徐根宝：我 1994 年到上海，申花队正好成立。那时候正好是体工队转职业化。一开始观众也就 5000—10000 个。当时我提出一个口号：把观众“打”出来。

徐根宝在申花足球俱乐部成立大会上发言

王汝刚：那时候您心里有底吗？凭什么实力能够把观众“打”出来？

徐根宝：因为我当时在国家队，尤其带国家二队、国奥队的时候，打的就是“抢逼围”战术。进攻压上去打，你输掉也精彩的。我到申花队的时候，真正的国家队队员就一个范志毅。开始调教比较难，他要反对你，和你吵架的。当时墙上贴了两条标语：谁有情绪不上场，谁有情绪就下场。这标语就是针对他的。

刘晔：那时候我记得您也说过，要“解放范志毅”。

徐根宝：“解放范志毅”就是战术上让范志毅踢后腰，再推到前锋，于是他整个就发挥出来了。1994 年联赛一开始，第一年我们就得了第三名。第二年我们十连胜，那时候士气打出来了，一直到 1995 年年底拿冠军。

程十发先生的一封信

刘晔：但是打比赛总是讲究输赢，有输也有赢。对您来说，或者说从我们球迷的角度来说，讲到输球这件事 ，我们会想到 1992 年的比赛，您当时怎么看待那场输球?

徐根宝：1992 年就是我带国奥队的时候，当时打比赛之前，我提出一条叫“横下一条心，一定要出线”，就到吉隆坡去打比赛了。最后一场和韩国打比赛的时候，宋世雄把我拉到边上说：“徐指导，今天小平同志在看球，你们加油。”后来我上场之前，我和我们队员都说了，我说：“你们今天要加油，小平同志要看球，你们露露脸。”队员一听，一上场是兴奋的，但不知道是什么道理，可能是过分兴奋了，或者走样了，9 分钟被韩国进 3 个球，这一下子被打懵了。年初一回到上海，《新民晚报》记者葛爱平给我打了个电话说，上海画家程十发写了一封信，托《新民晚报》转给我，并送我一套《孙子兵法》。信中写道：“根宝先生，古训失败乃成功之母。有一部《孙子兵法》连环画送给你，或许你能从中有所启发。在新春来临之候，保重身体，再为祖国体育事业多作贡献。”

王汝刚：所以程十发先生后来和根宝教练成为很好的朋友，他一直和朋友介绍：“我和徐根宝是‘手足之情’。”人家说你们又不是兄弟，怎么是“手足之情”？他说：“我画图是用手，他踢球是用脚，我们是‘手足之情’。”

刘晔：很珍贵，这封信已经有 30 年历史了。

徐根宝：对，后来我过年就到他家里去感谢他。我那时正好从上海到昆明去，向足球界作检查。他送了我一幅《迟开的茶花》，含义很深的。

王汝刚：茶花是云南出得最多的，迟开的茶花意思非常清楚，只要根在，只要您徐根宝在，足球一定会上去，就像茶花一样，年年会开放，寓意很深。

“崇明岛制造、徐根宝出品”的足球运动员

王汝刚：我听说后来程十发先生还亲自到这里来过，还认了一个亲戚。

徐根宝：对，是武磊。说到武磊也是很巧，他不是我招来的，是我原来南京

的一个球员推荐来的。武磊小时候就像马拉多纳，很有灵气，我一看到他，感觉就是一棵好苗子。当时武磊家里比较困难，正好程老很喜欢他，能给他潜移默化的影响，就做了武磊的干爷爷。

王汝刚：大概两天之后我到他家里去，他喜形于色地告诉我，他说你这次没有去崇明错过机会了。我问怎么了。他说他去“办喜事”。我说办什么“喜事”。他说我认了个孙子，这个小朋友叫武磊，人黑黑的、瘦瘦的。这个小孩将来一定有出息的，将来是大球星。

徐根宝：我在选才上有四条标准，第一条就是人品要好，具体怎么选呢？四条标准：人品看行动，技术看球感，体能看速度，意识看大脑。

刘晔：徐指导，您当时看中武磊身上什么优点？

徐根宝：灵气，他在门前的灵气。他得分多啊，直到现在这都是最难找的。在门前他找得到门，包括人家打出去，他知道这人可能脱手或者可能漏下来，他能补一脚。第二是看到他当时启动速度快，“唰”一下子，从小就看出来了。

王汝刚：徐指导，您曾经说过一句话，大家的印象都很深。您曾说过“给我10年，打造一支中国的曼联”。您现在觉得这么多年打造下来，通过您的实践，现在能够达到怎样的水准？

徐根宝：每次去领奖，我说我只是一个继续努力的教练，因为我现在培养出来的人，还没有达到最高水平。21年了，出的人是很多很多，但是率领我们国家队冲出亚洲的目标没有实现。所以我给自己的评价是继续努力，做继续努力的教练。

【节选自《闲话上海·阿王拜年》访谈实录】

2022年2月5日《新闻坊》栏目播出

【记得一二】

与徐根宝教练"梅开二度"

我对足球最初的认知，就是从"申花"这两个字开始的。范志毅、吴承瑛、谢晖等这些名字对我来说就等同于足球两个字，而这些名字的背后还承载了一个人，那就是家喻户晓的徐根宝。在上海滩，应该没有人会不知道他，上海足球往事中，徐指导有浓墨重彩的一笔，且至今未完待续。

2021 年《闲话上海》节目组曾向徐指导发出邀约，希望能在崇明根宝基地采访他，但最终遗憾没能成行。时隔一年我们再次"厚着脸皮"给徐指导发去微信，没想到徐指导爽快答应，这让节目组兴奋不已，都感觉这次"台型"扎足了。

其实这并不是我第一次前往根宝基地，上一次是在 20 年前，那个时候我才 10 岁出头，因为父亲是申花的超级球迷，所以那个时候的我对徐指导有一个懵

徐根宝飞铲容志行

懵懵懂的印象，觉得他很像扑克牌里的老K，很厉害也很凶。那次见面印象最深的就是徐指导不停对我说:“小姑娘太瘦了！像竹竿一样，多吃点儿！”时隔20年，我再次拜访，当年的“竹竿”小姑娘已经长大，但徐指导仿佛“冻龄”一般，声音洪亮，状态极佳。

采访顺利完成，徐指导热情招呼我们：“走！都去食堂吃饭！”一坐下，徐指导就说：“可乐你们喝吗？我这儿的可乐不一样哦！”这话出乎我意料！“徐指导，你也会喝‘快乐肥宅水’？”“过过念头，开心啊！”说着，便拿出了玻璃瓶装的可乐，“你们喝喝看，有小时候的味道。”这一刻，我好像解锁了徐指导的“冻龄”密码——有激情，永远是少年。

根宝大馄饨是基地里的网红产品，久仰大名，作为吃货的我跃跃欲试。刚一端上桌，徐指导立刻往我碗里夹了好几个，“小姑娘太瘦了！多吃点儿！”这一刻，20年前的一幕重新上演，温馨、亲切，让我深受触动。

写徐指导的佳作有不少，我的文字不足为道。当年的“竹竿”小姑娘长大了，有幸借此机会分享我的真情实感，致敬徐指导，祝他幸福安康！

刘晔

《新闻坊》《闲话上海》主持人

徐根宝领奖

徐根宝与《闲话上海》主持人刘晔合影